그렇게 힘들어두 살아 보믄 다 살아지는 것이여

그렇게 힘들어두 살아 보믄 다 살아지는 것이여

초판 1쇄 발행 | 2005. 12. 9
초판 2쇄 발행 | 2006. 1. 5

구 술 | 심간난
편저자 | 최정아
그린이 | 최미희
펴낸이 | 손상목
펴낸곳 | 도서출판 인디북

등록일자 | 2000. 6. 22
등록번호 | 제 10-1993호
주 소 | 서울시 마포구 현석동 105-56 3층
전 화 | 02)3273-6895 팩 스 | 02)3273-6897
홈페이지 | www.indebook.com
ISBN 89-5856-071-1   03810

104세 담배가게 할머니의 인생 이야기

심간난 구술 | 최정아 편저 | 최미희 그림

그릏게
힘들어두
살아 보믄
다 살아지는
것이여

인디북

슬프고 안타깝지만 정겨운 담배가게 할머니의 인생 이야기!

차

례

간난이 간난이 그릏게 부르다 영 내 이름이 된 겨   11

나 어려서는 다들 그릏게 살었어   14

어무니, 수제비가 먹구 싶어유   17

누룽개 하나면 최고여   20

그때는 사람 사는 세상이 아니었어   23

간난이 꽃가마 타고 시집가유   28

혼인을 혔으니 함께 살 수밖에 읎는 거여   37

세상살이가 마음 잡은 대루 가는 것이 아니여   43

세상에 시집살이두 그런 시집살이가 읎어   47

아이구 형님 아이 서는가 보네   52

사람 목숨이 어디 맘대로 되간   58

알몸뗑이로 쫓겨온 친정집   65

어떻게 손가락만 빨 수 있간   67

해방되구 나니께 좋지. 내 것 뺏어가는 넘 읎으니께   75

부끄러운 게 뭐 있간, 입에 풀칠하기도 힘든디   80

저는 왜 이렇게 밥을 빨리 먹는대유   86

실수 하들 말구 살아, 정신 똑바루 채리구   90

넘의 맘 아프게 하고 잘 될 수 없는 것이여   95

자식이 워찌 부모 맘대로 되는가   103

난 부자 부럽지 않어. 자식 있는 이가 가장 부러워   111

애는 손주가 아니라 내 아들이다   116

동무 집에서 나올 때는 옷 탈탈 털어야 헌다   120

백 원 이백 원 열 번이면 천 원 이천 원이여   122

할무니 집의 애들은 워찌 그렇게 착하대유   124

할무니, 어이 정신 챙기세유   127

사람이 자기 말 속에 악을 가지믄 못써   131

할무니, 죽을 죄를 졌네유. 지 시험 치르구 왔시유   136

세상에 하느님이구 부처님이구 다 읎어   141

형아 자전거에 실어서 저그까지 좀 데려다 주겠니   147

죽어두 좋으니께 내 눈 고쳐 줘유   150

부모한테 자식은 애물이여   156

세상에 이런일이   162

방송에 나오는 거 보니 재미 좋아   169

말 한 마디에 천 냥 빚 갚는다는디   171

아이구 사람 살려유, 나 죽어유   175

혼자 죽겠구나 했디 사람들 덕에 살어   180

팔자 한 번 꼬이믄 두 번째 팔자두 소용읎어　186

먼저 앞세운 가족 생각이 많이 나　189

신나게 놀믄 가슴속 쌓이는 것이 없을 텐데　195

마음만 좋게 잘 먹으면 절루 살아지는 것이여　201

죽을 꿈만 꾼다구 허셨는디 요즘 내가 그릏네　206

힘들어두 살아 보믄 다 살아지는 것이여　213

책 한 권이 죄 내 얘기만 나오는 거여? 뭘 그릏게 많이 써?

나 살아온 얘기를 워찌 다 혀.

그거 얘기허자면 할매 세상 뜰 때까지 혀도 다 못 혀.

워뚕게 그것을 다 일러 줘, 무슨 수루.

그럼 나는 나 허구 싶은 대로 떠들 테니께 잘 써 봐.

다 얘기해 줄 수 있을란가 모르겄네.

이제 얘기허면 되는 거여?

간난이 간난이 그릏게 부르다 영 내 이름이 된 겨

옛날에 뭐 딸자식 이름 일부러 지었간? 애를 금방 낳으믄 갓난애기라구 하잖어. 그래 간난이 간난이 그릏게 부르다 그것이 영 내 이름이 된 겨. 옛날엔 아들이나 이름 지어 주지, 딸자식은 이름 안 지어줬어. 옛날사람 중엔 간난이가 참 많어. 젤 쉽잖어. 여기 가두 간난이 저기 가두 간난이, 늙은이들 많이 오는 병원 같은 데 가 앉어 있어봐. 할무니들은 다 간난이 할무니여. 사방에서 간호사 아가씨들이 간난이 할무니 간난이 할무니 불러 쌓잖어.

둔산 지나서 해미가 고향이여, 해미 전철리. 나즉한 평지 마을이여, 나무나 한 몇 그루 있구. 바다는 뵈지두 않구 산두 우리 집에서는 멀었으니께. 그 동네가 상놈들은 한 명두 안 살고 죄 우리 일가만 살았어. 한 사십 집이 울타리 해 놓구 살았는디 그 집들이 죄 우리 심씨 일가였어. 타성은 아주 한 명두 읎었다구.

우리 아버지는 기억두 잘 안 나, 일찍 돌아가셨으니께. 농사지어 먹구살던 양반인디, 나 혼인하기 한참 전에 돌아가셨지. 앓었어, 오래 앓었는디 그 병이 지금으루 얘기하면 중풍이여. 얌전허시구 술두 안 잡숫구 담배두 안 태우시는디 젊은 분이 어찌 풍을 맞았는가 몰

11

러. 우리 어무니가 한 4~5년 병 수발 허시느라 고생하셨대.

우리 어무니는 참 남자루 태어나셨으믄 장군해야 허실 분이여. 체격두 아주 좋으시구 성품두 듬직하셔. 아버지는 일찍부터 앓으시는디 가진 것은 읎구 자슥은 많으니께 부러 듬직하게 허셨을 테지. 여자들이 장사허던 세상이 아니니께, 장사하는 여자는 따루 있는 때였다구. 그니께 그저 길쌈허시구, 베 짜구 농사하시구 그릏게 고생하시다 돌아가셨어.

형제는 오남맨디, 내가 맏이여. 여동생 둘, 남동생이 둘인디 앞서다 죽구 나 하나 살았어.

내가 나이 많으니께 지금 다 기억은 못 허는디 어무니가 막둥이 낳으실 때, 그때는 의사가 뭐여 산파두 읎었그든. 그저 아이 낳을 때는 친정어무니 들어오시구, 동네에 아이 잘 받는 여자 한 명 들어오구 그러구서 아이를 낳았어. 그이들이 뭣을 알간? 말허자면 그냥 혼자 낳는 것이여. 베개 만들어 가지구 똥구녕 바루 위에 받치구, 아이가 똥 누는 데루 나오는 것 같으니께 베개를 받쳐서 허리 아래가 덜렁 들리게 하는 것이여. 그리구 이제 다리, 양다리두 베개 위에 올리구 그릏게 꼼짝 못 허게 받쳐 놓는 거여. 어떤 이들은 베개 대신 나무토막 갖다 받치는 이들두 있었어. 베개가 귀하니께. 베개 속에다, 왕겨나 있남? 다 찢어져 못쓰게 된 누덕지 접어다 넣구, 누덕지두 읎는 이들은 — 옷이 누덕지가 되두 입구 다니니께 누덕지두 귀혀 — 메밀 껍데기 집어넣지. 그릏게 아이를 낳으니께 옛날에는 아이 낳다가두 많이 죽었어, 봐 줄 의사가 읎으니께. 그래두 우리 어무니는 다 순산허시구, 참 한번은 첫아들 낳으실 땐디 밤에 주무시다가 배 아프

니께 화장실 간다구 나오셨대. 그런디 화장실 채 못 가시구 마루에
서 혼자 아들 낳으셨어. 우리 아부지 주무시다 말구 애 울음소리에
깨셔서 좋아허셨지. 아들이니께, 첫아들이니께 아들 낳았다구 아주
좋아허셨어.

나 어려서는 다들 그릏게 살었어

그 세월에는 기지배들은 핵교에 안 보냈어. 핵교가 뭐여, 대문 밖에만 나가도 난리였는디. 집에 앉혀 놓구 글도 가르치질 않았어. 혹간 언문은 배운 이들이 있는디 나는 그것두 못 배웠어. 글을 알믄 연애편지질 허구 시집가면 친정으루 편지질 해 댄다구 안 가르치셨어. 시집살이 고되다구 친정에 편지질 허면 그거 못쓴다구 언문두 안 가르쳐 주셨다구. 우리 어무니는 까막눈으루 세상 살기 답답한 거 아시니께, 핵교는 못 보내두 글은 좀 가르쳤으믄 허셨대. 근디 할아버지가 지지배 글 알믄 팔자 사납다구 못 배게 하셨어. 그르니 나는 아무것두 모르지. 밑에 동생들두 글 안 가르쳤어. 그저 아들 두 눔만 한문 가르치시데. 우리 사촌오빠가 한문 선상이셨그든. 거기 데리구 가 앉혀 놓구 한문 가르쳐 주셨어.

그르니 손바닥맨큼 쬐깐한 마을에서 핵교 다니는 이들이 얼마나 부러울 껴? 나두 가구 싶지. 공부하고 싶어서 핵교가 가구 싶었던 것은 아니여. 공부가 뭣인지나 알간? 그저 동무들이 다니니께 나두 가 앉어 있고 싶은 거지. 아이들이 핵교 마치면 나와서 놀잖어? 그때는 지금마냥 장난감 그런 것이 읎으니께 죄 흙으루다 뭐 맨들구, 흙에다

14

글씨 쓰구 그림두 그리구 그러믄서 놀았그든. 나는 나뭇가지 꺾어다가 꾸불꾸불 글씨두 아닌 거, 내 임의루다 써 보구 그랬어. 근디 핵교 다니는 이들은 백묵 있잖은가? 선상님이 쓰다가 버린 거, 부러진 거 그런 거 주워다가 쓰는 거여. 글씨두 잘 쓰지 그이들은, 핵교에서 배웠으니께. 근디 나는 개발쇠발이여. 이것이 그림인지 글인지 당최 모를 것을 그리구 놀았어. 테레비에 나온 외상장부 있지? 그것이 나 어릴 적 흙바닥에 그리던 그림이랑 같은 거여. 그저 내 머릿속에 있는 것들을 암표처럼 그린 것이니께 넘들은 못 알아보지. 그것은 나만 알아보는 거여. 간난이 글자여 간난이 글자.

어렸을 적에 동무들이랑 놀러 다니구 그러는 거 뭐 알았간디? 옛날에는 마실 안 다녔어. 대문 밖에두 안 나갔어. 여자가 담 넘으면 큰일 나는 줄 알았그든. 꼼짝 안 혔다니께. 상놈들, 상사람들만 놀러 다녔지, 양반들은 꼼짝 안 혔어. 그저 집안일이나 거들구 그렸지.

나 어릴 적에는 샘이 집집마다 있지 않았그든. 지금이야 집집마다 잘사는 이나 못사는 이나, 죄 수도꼭지만 틀믄 물이 콸콸 나오지만서두 그때는 넉넉한 집이나 샘이 있지 돈 읎는 이들은 냇가 가서 물 퍼먹었어. 봄, 여름에는 춥지 않으니께 떠먹을 만헌디 추워지믄 그거 아주 골치여. 겨울에는 물이 어니께 아주 성가셔. 한 11월 되면 물이 얼기 시작허그든. 그러믄 절구통 찧는 긴 대 있지? 방맹이 같은 거, 그거 들구 가서 얼음 깨구 물 떠먹었어. 빨래두 허구, 어무니가 김치 한다 그러면 김치거리 들구 가서 씻어 오구 또 밥 때 되면 쌀두 씻어 오구 그렸어. 그러니 아마 그 물에 짐승이 똥 눈 거 다 먹었을 껴. 드럽구 그런 거 뭐 알간? 그때는 다들 그렇게 먹었으니께 드러운 것두 몰러. 그저 손 시려운 생각만 들지 드러운 것은 몰렀어. 손이 얼어서 오리발마냥 빨갛게 오그라들었다니께. 어려서부터 그릏게 커서 난 지금두 어디 특별히 가구 싶구 그런 것을 몰러. 집에서 일만 해 쌓지 어디를 안 다녀 봐서 타지에 가고 싶고 그러들 않어. 죽으나 사나 이 나이 먹어서두 가만있질 못하구 그저 일만 헐 줄 아는 게여.

나 어려서는 다들 그릏게 살었어. 놀러 다니는 거 몰렀어. 베 짜구 실 뽑구 물레질하구 빨래 다듬어서 바느질하구 옷 맨들구, 그릏하면서 어무니 아버지 도와 먹구살은 거여.

어무니, 수제비가 먹구 싶어유

난 어릴 때부텀 어디가 아퍼두 아프다 소리를 잘 안 허그든. 근디 네 살 때 크게 한 번 앓었어. 매일같이 어무니 심부름허구, 힘 쓰는 일은 못 했지만서두 잔일은 잘 혔그든. 동생들 봐 주구 물 떠 오구 그런 거 다 내가 혔다구. 네 살 먹은 기지배 무슨 힘이 있간? 약허디약 했는디 아무리 힘들어두 동생들 꼭 끌어안구 내려놓지를 않었어. 그룹게 이뻐했는디 내 몸 죽을 맨치 아프니께 동생들이 옆에 와서 보채두 귀찮어하드래. 옴짝달싹을 못 허구 아펐던 게여. 그러니 시름시름 앓아누웠지. 그때 우리 어머니는 자식 하나 잃는구나 하셨다 그려. 하루는 어무니가 물으시데.

"간난아 너 뭐 먹을래? 뭐 먹을 텨? 먹구 싶은 놈 읎냐?"

"어무니 나 수제비 좀 해 줘. 수제비 먹구 싶어유."

네 살짜리가 앓아누워서 수제비 달라 그렸어, 수제비. 괴깃국에 쌀밥두 아니구 왜 그눔이 먹구 싶었을까. 다 죽게 생긴 아이가 수제비 해 달라니께 금방 해 주시데. 호박 썰어 넣구 수제비 해 주셔서 발딱 일어나 앉아서 퍼먹던 생각이 나. 지금 젊은이들은 하얀 밀개루 안 좋아헌다구 허대? 하얀 밀개루 건강에 좋지 못허다구 안 먹는대. 나

17

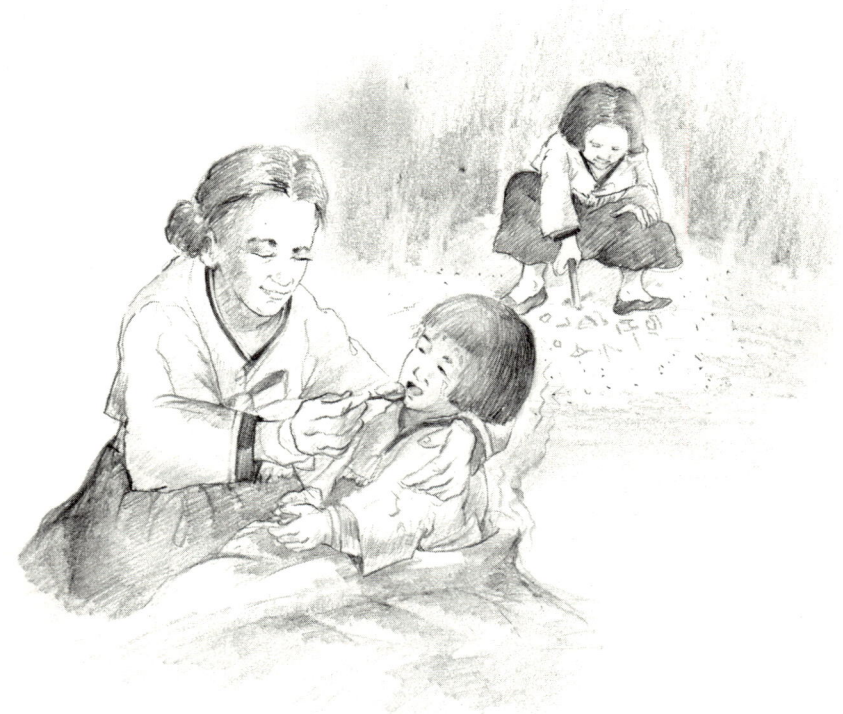

어릴 적에는 그것이 귀혔어. 밀개루 참 귀혔지. 우리 집은 잘살지 못했으니께 하얀 밀개루, 그 귀한 눔으루 반죽 떠서 수제비 해 먹을 줄 알았간? 몰러, 그런 거 몰렀어. 좋은 날이나 그눔 먹어 보지 평시에는 못 먹었어. 그르니 네 살짜리 마음에는 그것이 특별히 맛났던 게여. 나는 지금두 몸이 아프면 어무니가 해 주시던 수제비가 먹구 싶어. 호박, 감자 숭숭 썰어 넣구 끓이다가 찰지게 반죽한 밀개루 뚝뚝 떼어 넣어 끓여 먹으믄 그거 아주 맛좋은디.

누룽개 하나면 최고여

　우리 어무니는 삯바느질 허시구 아버지는 농사허시구 그럴 때여. 겨울이었는디 내가 한 일곱 살이나 먹었나 그랬을 꺼여. 어무니가 나더러 그러시데.

　"오빠 바지저고리 빨아서 헤진 데 있으면 꿰매서 갖다 줘라."

　겨울이니께 개울이 얼었지. 그래서 절구통에 절구대, 그거 들구 가서 개울에 얼음 얼어붙은 거 깡깡 깨구, 손 호호 불어 가믄서 바지저고리를 빨았어. 비누두 읎으니께 그저 방맹이질만 해서 빠는 거여. 그러니 어린애가 때 빼기 무척 힘들지. 아주 개우개우 그거 빨아서 들구 왔어. 집에 와서는 그거 그냥 툭툭 줄에 걸어서 말리면 안 돼. 따뜻한 아랫목에 쪼옥 펴서 말려야 혀. 그릏게 허믄 꼭 다림질 헌 거마냥 반듯반듯 허그든. 마르면 걷어서 헤진 데 꿰매구 이쁘게 착착 개켜야지.

　그걸 머리에 이구 오빠 집에 갔어. 오빠 집에 가려면 산을 넘어서 아주 한참을 가야 혀. 추운 겨울에 빨래를 한 짐 이구 산을 타자니 일곱 살짜리헌테는 벅차지. 어른헌테두 힘든디 일곱 살 기집애한테는 더욱 힘들 테여. 죽자구 낑낑거리구 개우 도착혔어, 오빠 집 앞까

20

지. 근디 얼음 깨구 빨아서 산길을 이구 온 빨래를 흙바닥에 툭 떨어뜨렸네? 오빠 집에 다다르니께 기운이 탁 빠진 게여. 보자기에 빨래를 싸서 이구 갔는디 툭 떨어뜨렸으니께 보자기에 흙이 묻었을 거 아닌가? 근디 전날 눈이 왔어. 내가 점심 먹구 오빠 집에 갔으니께 그 시간 되믄 눈이 녹아서 질퍽해질 일이지. 보자기 안에 있는 솜바지가 흙물을 다 빨아먹은 거여. 그러니 이걸 워째? 흙 묻은 빨래를 그냥 이구 들어갈 수두 읎구, 그롷다구 집으로 돌아가자니 어무니한테 혼날 것이 뻔허고. 그냥 바닥에 주저앉아서 엉엉 울었어. 한참을 울고 앉았는디 주인 할무니가 나오셔. 애가 집 앞에서 한참을 울구 있으니 누군가 싶어 나왔겠지. 나를 보시더니 웃으시믄서 — 그 할무니가 나를 잘 알그든 — 빨래 보자기를 냉큼 들구 들어가 오빠 방문을 열구선 그러는 거여.

"선상님, 바지저고리 받으세유. 아기씨가 집 앞에 떨어뜨리구는 앉아서 우시네유."

오빠 눈치 살살 살피믄서 대문 안으루 들어갔어. 오빠가 괜찮다 한마디 해 주시믄 좋겠는디 말씀 안 허시데. 그저 글만 읽구 있는 거여. 그래 가만 서 있는디 주인 할무니가 누룽개(누룽지의 방언)를 한 주먹 갖다 주셔.

"아기씨 추운데 오시느라 고생혔네유. 이거 자시구 계셔유. 금방 밥 끓여 줄 께유."

그때는 과자, 사탕 그런 거 읎었으니께 누룽개면 최고그든. 그른디 그눔을 한 주먹 쥐어 주시니께 을매나 좋아.

"간난아, 게 서 있지 말구 예 들어와 몸 녹여라."

아이구 누룽개가 한 주먹인디 사촌오빠 말이 귀에 들어오간? 들어 오라구 허거나 말거나 뒤두 안 돌아보구 뛰어나왔어. 왜긴 왜여? 동생들헌테 빨리 누룽개 갖다 주구 싶으니께 그랬지. 가는 길은 춥구 산길두 험허구 그른 것 같드니 오는 길은 웬걸, 금방이여. 아주 금방 온 것 같애. 그거 들구 와서 동생들 멕이구, 어리니께 딱딱헌 놈 그냥 먹이면 안 되그든. 쬐끔 띠어서 내 입에 넣구 몇 번 씹어. 그룽 허믄 말랑해지지. 그러믄 이제 동생들 입에 넣어 주는 거여. 그거 입에 넣어 주려구 바람 쌩쌩 부는 산길을 뛰어온 거여. 일곱 살짜리가 한 주먹 꽉 차게 누룽개 움켜쥐구 산길을 뛰어온 거라구.

그때는 사람 사는 세상이 아니었어

일정 시대는 나 일곱 살 먹어서 시작됐지 아마. 아주 그때는 사람 사는 세상같지가 않았어.

일정 때는 배 안 곯은 이가 읊어. 일본놈들이 다 공출해 가니께 뭐 먹을 것이 남아 있간? 다 가져가니께 못 먹어. 다들 굶는 거여. 뭐 쬐깐한 거라두 쓸 만허다 싶으믄 죄 가져갔어. 그놈들은 목화 있잖은가? 그것두 가져갔다니께. 그르니 그놈들 무서워서 베두 마음껏 못 짜는 거여. 낮에 베 짜려면 저기 저 산에 올라가서 숨어서 짰어. 다 뜯어서 짊어지구 산으루 올라가서 베 짜는 거여. 밤에는 방에 불 쌓아 놓구 혔는디 그때두 아무두 몰래 혀야지 훤하게 여봐란 듯이 허는 것이 아니구 등잔 키구 허는 거지. 참 그때는 등잔이나 제대루 있간? 등잔두 읊어. 접시루다가 등잔 바닥처럼 요만허게 만들어 놓구 거기다가 기름 몇 방울 따라 놓구 솜 돌돌 말아서 거기에 불붙이는 거여. 그러구 앉아서 베 짜는 게지. 일본놈들 무서우니께 그렇게 혔다구 다들.

일정 때는 양반이구 상놈이구, 있는 사람이구 읊는 사람이구 죄 시퍼런 그릇 썼그든. 그때는 지금마냥 하얀 그릇, 사기그릇이 귀혔어.

서울 겉은 데는 어땠는지 몰러두 촌에는 부잣집에두 하얀 그릇 읎었어. 다들 상사발이라구 시퍼런 거 그른 데다 먹었지. 사기그릇은 만들지를 않으니께 돈이 있어두 사지를 못헌단 말이여. 이쁜 그릇 나온 것은 해방되구 나서두 한참 지나서, 새마을 개종되구부터여. 그때부터 이쁜 그릇, 좋은 그릇 나오기 시작혔지. 그른디 일본놈들은 그런 시퍼런 그릇들까지 뺏어 가는 거여. 눈에 뵈는 것은 다 들구 가. 부잣집에 쳐들어가서 좋은 놈만 뺏어 가는 것이 아니여. 닥치는 대루 거렁뱅이 집까지 뒤집구 들어가서 다 뺏어 들구 갔다구.

놋그릇, 주걱, 밥식기, 양판, 양판이 뭣이냐믄 지금 양재기라구 허지? 큰 거, 두드리면 소리 탕탕 나구 국그릇처럼 큰 거 말이여. 그게 양판이그든. 그런 거까지 죄 뺏어 들구 갔어. 그러니 뭐든 죄 감춰 뒀지. 뭐 하나 내놓지를 못허구 무조건 감추는 거여.

일본놈들이 뺏어 간 것이 어디 그릇, 목화뿐이간? 물건만 가져간 것이 아니여. 사람두 뺏어 갔잖어. 젊은 남자들은 학병 끌구 가구, 결혼 안 헌 젊은 여자들두 다 끌구 갔지. 아주 어린 가시내들까지 데려 갔어.

지금두 기억나는 것이 내가 여덟 살 먹었을 땐디, 셋이 방아를 찧었그든. 동네 고만고만한 아이들 셋이 절구통 앞에서 방아를 찧었어. 그른디 우리 어무니가 내 머리를 새색시마냥 동그랗게 말어서 젓가락으루 꽂아 주시데. 비녀가 귀허니께 젓가락으루. 그래 놓구선 키 있지? 까부는 거 있잖어, 오줌 싸면 씌워 내쫓는 거. 그걸 머리에 씌워 놓구 절구통 앞에다 세워 놔. 땡그러니 셋을 돌려세워 놓구 방아 찧게 허시는데 내 머리에만 키를 씌워 놓으시는 거여. 그거 아주 넘

24

부끄럽지. 오줌 싼 것마냥 키 뒤집어쓰구 절구질 하구 섰자니 그거 참 넘부끄러워. 나는 자꾸 벗어던지려 허는디 어무니가 아주 매섭게 눈치를 주셔. 그러니 벗어던질 수나 있간? 그냥 쓰구 혔어. 집에 가서 어무니께 물었지.

"어무니 챙피허게 왜 키는 덮어놓구 그러신대유?"

"너 맹추냐? 지지배 키빼기 크니께 일본놈들이 보믄 잡아갈 거 아녀?"

옛날 사람들은 죄 작았으니께 내 키면 크다구들 혔어. 그러니 일본놈들이 보믄 어린앤 줄 모른다구, 처년 줄 알구 잡아간다구 키 씌워 놓으신 게여. 그거 씌워 놓으믄 가까이 와야 사람이 쓰구 섰는 줄 알지, 멀리서 보믄 사람은 안 보이그든. 키만 댕강 보이지 사람은 안 보여. 그러니께 어무니는 나 숨긴다구 키 씌워 놓으신 거여. 혹간 그놈들이 사람 들어가 있는 거 알구, 키 벗겨 볼 수두 있으니께 시집간 색시마냥 쪽머리 해 놓으신 게구. 여덟 살 먹은 지지배두 잡혀갈까봐 걱정했으니 그것이 어디 사람 사는 세상이여?

핵교 끄트머리에 돌밥나무 있구 그 옆에 경로당 있구 그 옆이 우리 집이었그든. 나 열한 살 먹어선디 그때가 가을이네, 추수헐 때니께. 아버지는 추수한다구 논에 가시구, 어무니는 김치거리 뽑아 온다구 밭에 가셨그든. 가시믄서 동생들 데리구 밥을 해 놓으라 그르셔. 보리랑 묵은쌀 씻어서 솥에 안쳤어. 이제 불 지펴야지? 솥이 읎으니께, 전기가 읎는디 밥솥이 어딨어. 가마솥에 밥혔단 말이여. 아궁이에 큰 가마 걸어 놓구 게다가 밥혔어. 그르니 아궁이에 장작 넣구 불 지펴야 밥이 될 일이지. 장작 한 무대기 들구 와서 아궁이에 넣구 나무

꼬쟁이 하나 주워서 불 지피구 앉아 있었어. 근디 우리 집 뒤가 대밭이었그든. 왕대가 아니구 실대, 실대밭이었어. 부엌에 앉아서 뒷문을 열어 놓으믄 실대밭이 빤히 보이지. 아 워쩡 허다 거기를 보니께 시커먼 사람들이 모두 칼 차구 왔다갔다 들락날락 허는 것이여. 그것이 실대 사이로 보여. 을매나 무서웠어. 무서워서 못살어. 가마솥에 불 땐다구 앉아 있다 말구 물을 한 바가지 펐어. 왜긴 왜겄어? 불 끄구 도망가려구 그랬지. 미친 것처럼 물 몇 바가지 퍼서 들이붓구 막 도망갔어. 나 죽이러 왔나 싶어서 도망갔어. 일정 때니께 사람 죽는 거 많이 봤그든.

어무니가 들어오셔서 보니께 내가 읎지. 칼 차구 왔다갔다 허는 사람들은 이미 다 가 버린 뒤니께 어무니는 못 보셨을 테여. 그러니 왜 내가 읎어졌는지두 몰러. 나는 이제 동생들 데리구 경로당 뒤에 죽은 것처럼 숨어 있다가 어무니 오신 거 보구 집에 왔그든.

"너 밥허라구 혔냐 안 혔냐? 밥 안 허구 어디 가서 뭐 하다 온 겨?"

내가 동생 업었으니께 때리지는 못허시구 막 다그치시지. 아무 말 못 허구 덜덜 떨구 서 있는디 옆집 아줌니가 오셔서 말씀하셔.

"성님, 간난이가 순사들 보구 무서워서 도망갔는가 보네유. 간난아, 너 무서워서 도망갔냐?"

"그릏구먼유."

대답허구는 막 울었어.

"울지 마라. 간난이 너 잡으러 온 것이 아니여, 울지 마. 성님, 순사들이 뭐 조사헌다구 이장 집에 왔었다네유."

그러니 나를 잡으러 온 것은 아니었던 게여. 아주 그 소리 들으니께 심장이 풀리는 거 같애. 내가 막 우니께 업힌 동생은 따라 울구 어무니는 동생 뺏어서 달래시구. 어무니 아버지 일허구 들어오셔서 시장허신디 밥은 그냥 생쌀루 있는 거여.

아이구 빨갛게 입은 순사가, 그러니께 일본놈들이그든. 그놈들은 까만 옷에 빨간 띠 두르구 번들번들헌 칼 차구 다녀. 그룽 허구 내 집 뒤에 왔다갔다 허니께 을매나 무서워. 지금 순경이 어디 칼 차구 다니나? 그때는 칼 찼어. 그러니 무섭지. 아이구 말 마. 그때 놀랜 거 생각허믄 나 참.

지금 애들은 순경들헌테 욕두 허잖어. 순경 때리는 놈들두 있드구만. 그때는 시커멓게 입은 사람만 보믄 무서워서 쥐구멍이 어딨냐구 했어. 요즘 애들은 쬐끄만 애들두 발랑 까져서는 순경 때리구 욕허구 그러데. 그르믄 못쓰지. 지금 순경은 노략질허러 온 왜놈들두 아니구, 모두 내 나라 순경인디 때리구 그러믄 못써.

간난이 꽃가마 타고 시집가유

일본 정치 들어가구 얼마 안 돼서 아버지가 돌아가셨어. 몸이 약허셨던 거 같애. 내가 아주 어렸을 적부터 건강허지는 않으셨그든. 그래두 깜량껏 아버지 헐 일은 허셨어. 그러다가 돌아가시기 몇 해 전부터는 자리 펴구 누우셨지. 어무니가 고생허셨지, 나는 잘 기억두 안 나. 아부지 병간은 나 시키지 않으셨으니께. 죄 손수 어무니가 허셨다구. 그렇게 몇 년 앓다가 돌아가셨어.

아부지 계셔두 살기 힘든 세월인디 안 계시니께 더 힘들지. 장성한 자슥이 있나 뭐가 있나, 어무니 혼자 어려워지신 게여. 그 세월은 여자들이 나가서 돌아치구 일하면 그것이 다 흉이었그든. 지금은 남자보다 잘난 여자두 많구, 나가서 일해두 그것이 흉이 아니지. 흉이 뭐여, 지금은 딸이 취직허믄 자랑들 허잖어. 그때는 여자가 밖에 나와서 장사허면 넘들이 흉했단 말이여. 또 부리는 종들이 있으니께 체면 살리느라 장사는 생각두 안 허셨어. 차라리 굶어 죽으면 죽었지, 종들 앞에서 장사는 못 헌다구 그러셨으니께. 또 냄편 죽은 여자가 밖에 나오구 넘들 앞에 나서면 그거 아주 큰 흉이었그든. 그것보다 더 큰 흉이 읎어. 냄편 죽구 나믄, 넘들이 보는 데서는 밥두 안 먹었던 세상이니께. 그러니 우리 어무니가 뭣을 혀서 자슥들 먹여 살리겄어? 허시는 일이라고는 삯바느질이 전분디 손바닥만헌 촌동네에 일거리가 뭐 얼마나 있간? 그르니 헐 수 읎이 우리 여섯 식구가 그저 큰아부지만 쳐다보고 있는 거여. 큰아버지가 농사해서 먹을 거 대주면 그걸루 겨우 풀칠이나 허구 사는 거지. 죽지나 않을 만큼 겨우 먹구 사는 거여. 어무니 혼자 어린 자슥들 데리고 얼마나 먹구살기 어려웠을 껴? 그래 어려운 살림에 입이나 하나 던다구 사촌당숙모가 내게 중신을 넣으셨어. 내 당숙모가 우리 신랑의 사촌누님이셨그든. 그러니께 뭐시냐, 자기 사촌오빠를 내게 중신하신 게지.

당숙모께서 우리 어무니한테 말씀허시기를,

"광천에 신랑감이 하나 있는디 나이가 스물일곱인가 그릏구, 집안두 아주 훌륭하구먼." 하는 거여.

"벼슬헐 꺼 아닌디 집안 뭐 필요 있대유. 그저 먹구살 만허면 되지 않었어유. 그래 먹구살 만은 허대유?"

"땅두 많구 종들두 죄 배불리 밥 먹는 집이랴."

우리 어무니는 홀깃허시지. 다음 끼니 걱정허는 세상에 종들까지 잘 멕이는 집이믄 행세깨나 허는 집인 건 물어볼 필요두 읎는 거그든.

"간난아, 너 시집가서 살 수 있겄냐?"

"몰러유. 지는 어무니랑 예서 살구 싶구먼유."

어무니는 아주 보내기루 작심을 허신 게여. 신랑감 한번 보구 와야 쓰겄다구 허셔. 그때는 당사자들 소견은 중요허지 않어. 그저 어른들이 가라믄 가구, 살라믄 사는 것이여. 다들 대면식두 읎이 혼인을 혔어. 대면식은 읎구 어른들이 가서 보구 오시지. 신랑집 어른들은 각

시집에 와서 각시감이 워디 뱅신은 아닌가 보구, 또 각시집에서두 신랑집에 가서 신랑감이 멀쩡한 사람인가 보구 오구 그렇게들 혔어.

그래 이제 신랑감을 한번 보구 와야 허는디, 우리 집에는 남자가 읎잖어. 어무니 혼자 가서 보구 오실 수는 읎는 노릇이구, 또 우리 어무니는 어디 나가시지를 않든 분이라 광천까지 가지두 못허셔. 헐 수 읎네. 또 큰아버지께 말씀드렸어.

"아주버님, 간난이 애 혼담이 들어왔는디 아주버님이 좀 보구 오셔야겠네유."

"그래야쥬. 내가 애 아부지나 한가진디 내가 가서 보구 와야쥬."

두 번 생각두 않으시구 좋다구, 내가 가서 보구 오겠다구 허시데. 우리 어무니께서 큰아버지 두루마기, 바지저고리를 곱게 만들어서 큰댁에 보내셨어. 잘 차려입구 가셔서, 신랑감 잘 살피구 오시라는 부탁이지.

며칠이 지났는가 몰러. 동생 업구 마당가 왔다갔다 허는디 큰아버지가 오셔. 딱 내 기분에 신랑감 보구 오시는 길인 거 같애. 시집을 가는지 워쩌는지 그런 거 모르는디두 괜히 챙피허데. 얼굴이 후끈거려. 밸일이지? 큰아버지께 인사허면서 고개두 못 들었어. 큰아부지는 이제 어무니 계신 방에 들어가셨어. 평시 같으믄 물 떠서 따라 들어갈 텐디 그날은 방에두 못 들어가겠데. 동생 업구 괜히 마당가만 뱅뱅 돌아다녔어. 그래두 어디 멀리 가지는 않구 게서 문 앞에서 왔다갔다 그렸지. 그때는 세상 참 조용혔어. 차가 있간? 테레비 소리가 나간? 세상 참 조용허지. 그러니께 방에서 말씀허시는 소리가 밖에두 들릴 일이여.

"신랑감이 신수가 훤하더구면유. 새파랗게 젊은 신랑이 패랭이 쓰구 다니는디 행실두 얌전헌 거 같구 이쁘드구면유."

"아이구 좋네유."

"동네 사람들헌테 인심 잃구 사는 집두 아닌 거 같구 두루두루 평판두 좋은 거 같데유. 사람들이 나쁘게 말 안 허던걸유."

큰아버지가 본래 목청 큰 분은 아니그든. 근디 신랑감 얘기허는 음성이 한껏 높으셔. 기분이 좋으신 모양이여. 신랑감이 마음에 쏙 드신 거 같애. 또 당숙모두 와서 혼인시키라구, 그런 자리 흔치 않다구 주장허셔. 우리 어무니야 뭐 알간? 큰아버지가 좋다구 기분 좋아 말씀허시니께 함께 마냥 좋으셨어. 싫을 턱이 뭐 있간? 인심 잃지 않은 부잣집이라는디 마냥 좋을 일이지.

그렇게 해서 내 나이 열여섯에 시집을 가게 된 거여. 시집가게 됐다구 뭐 변허는 것두 읎어. 지금은 뭐 사러 다니구 그러지만서두 옛날이니께 평시와 똑같애. 베 짜는 거, 마름질하는 거 다시 배우구, 어무니가 이 얘기 저 얘기 해 주셨는디 기억이 안 나. 사느라 바뻐서 나 시집갈 때 우리 어무니가 뭐라구 허셨는지 그거 까먹었네. 그중 기억나는 것이 말하는 뱁인디.

"너 '싫어유.', '몰러유.' 그렇게 말허면 그거 상놈이라구 욕헌다. '좋지 않아유.', '알지 못혀유.' 그렇게 말해야 헌다." 그러셨어.

그것은 기억나네. 평시처럼 그렇게 지내믄서 혼인날 기다렸어. 어무니가 일러 줘두 나이 어리니께 시집가서 뭐 워떻게 혀야 허는지 그런 거 모르지. 좋은 것두 싫은 것두 모르겠구 어무니랑 헤어질 생각허니께 짠허데. 동상들 아직 어린디 저것들 누가 돌보나 싶구. 열여섯짜리가 뭣을 알간? 그저 떨리구 무서워. 혼인 전날에는 잠두 잘 안 와. 내일이면 넘의 집에 간다구 생각허니께 아주 무섭구 싫어. 어무니는 그러시데.

"간난아, 잘 혀라. 살아야지 쬐껴 오믄 못쓴다. 시어머니께 잘 허구 동기간에 이간질 말구 우애 있게 잘 허구 신랑 잘 섬기구 그러믄 다 살아진다. 그저 맘 곱게 먹구 잘 살어라."

혼인허는 날은 동네 분들, 그 동네가 우리 일가만 모여서 산다 그랬잖는가? 그러니 동네 분들이라 함은 친척 어른들이 전부여. 집 안 마당에서 혼인을 허는디 지금마냥 손님이 많을 수 있간? 지금같지 않어. 그저 동네 친척 어른들 몇 분 오시구 아이들이 구경 오구 그르지. 어무니는 말씀을 안 허시데. 내가 맏이니께 의지를 많이 하셨을 테지. 이제 시집보낸다 생각허니 허전하셨겠지. 울지두 않으시구 웃지두 않으시구, 내 눈에는 어무니 맘이 영 개운치 않은 거 같애. 아침 일찍에는 어무니 눈치두 살살 살피구 동상들두 한 번씩 더 보구 그랬지만서두 시간이 점점 다가오니께 눈에두 안 들어오지. 사람들이 붙어서 분장해 주구 혼례복 입히구 허는디 뭐 정신이 읎어. 나를 앉혀 놓구 즈이들끼리 이거 발랐다 저거 발랐다 이거 입히구 저것두 입히구 아주 요사를 떨어. 들이대구 앉어서 혼이 쏙 빠지지. 언제 그런 거 발라 보구 입어 봤간? 그래두 싫지는 않데. 인저 그러구 앉았는디 사람들이 소리를 쳐.

"신랑 온다, 신랑 온다."

고개두 못 들지. 얌전허게 고개 숙이구 앉었는디 사람들 허는 소리가 귀에 들려.

"워데서 저렇게 이쁜 신랑을 구해 왔대냐. 신랑 신수 좋다."

신랑 이쁘다구, 아주매들이 신랑 이쁘다구 아주 난리여. 눈만 빼꼼히 올려 뜨구 보니께 이쁘더만. 내 눈에두 신랑이라구 첨 보니께 이뻐. 넘부끄러워서 똑바로 쳐다보지는 못허지. 내 신랑이라구 빤히 쳐다보구 그런 거 몰러. 그때는 지금같지 않으니께. 그냥 빼꼼히 한 번 본 게 다여. 나허구 일생 살 사람 그렇게 첫 대면헌 거여.

요즘 아이들, 정혼자라구 손잡구 놀러 다니구 사람 많은 데 밥 먹으러 다니구 그러는 거 보믄 야릇혀. 세상이 나 살던 때와는 너무 다른 거 같애. 달라두 너무 달러. 그릏 허구 함께 어울려 다닌 이들이 모두 혼인을 허는 거 같지두 않데? 그려, 헤어진다구. 우리 때는 죽어야 헤어지지, 아이구 죽어두 헤어지간? 죽으믄 그 집 귀신이 되는 것이지. 죽으믄 그 옆에 함께 묻히는 거여. 헤어지구 그러는 거 생각두 못 혔어. 헤어지는 것이 뭔지두 몰러. 그른디 요즘은 다들, 좋다구 다녀. 그른디 얼마 있다가 보믄 각자 다른 이들이랑 또 그러구 다니데. 거참 희한혀. 몰러, 좋은지 나쁜지 모르겠어. 그저 희한혀. 그릏 허구 다니는 것이 마음으루다 인정되지는 않어. 그릏지만 요즘 아이들은 그것이 당연지사잖어. 그러니께 늙은이가 뭐라 할 수는 읎지. 세상이 바뀌었잖어. 나는 몰러두 그이들은 알구, 그이들은 몰러두 나는 알구 그런 것이 있을 테지.

친정집서 혼례식 허구 첫날밤 겪구선 시집으루 들어가야 허는디, 아이구 그거 발이 떨어지남? 아주 딱 붙었어. 그릏게 가기가 싫어. 어린 동생들, 어무니 다 두구 가기 싫은 거여. 이 꼭 깨물구 참어두 눈물이 뚝뚝 떨어지지. 누가 나를 좀 못 가게 잡았으믄 싶은디 동생들

34

은 말뚱거리구 보구만 섰어. 어무니는 내 눈에 안 뵈게 저리 돌아앉으셨네. 아주 죽었어. 애가 바짝 타. 각시가 울상을 하구 앉아 있으니께 새신랑 역시 죽었을 테여. 즈이 집으루 빨리 가구 싶을 꺼 아녀. 처가라구 아는 사람이 있길 허나, 가시방석일 테지. 그래두 뭐라 타박은 못 허구 숨만 크게 퍽퍽 쉬어대. 각시, 친정어매 그러구 있는 것이 딱해 보였는지 큰아버지가 들어오셔.

"간난아, 얼른 일어서야지 않겠니. 신랑 기다리는디 일어서라."

그러시구는 열다섯 먹은 종아이를 하나 부르시데.

"5일 동안 느이 아씨 심부름 좀 해 주고 오니라."

걔를 나한테 딸려 보내시데. 그래두 그 아이가 따라나선다니께 갈 만혀. 비실비실거리구 겨우 일어서서 어무니께 절하구 동생들 한 번씩 보구 눈물 바람으루 친정집 나왔어. 어무니는 말씀두 안 허셔. 동생들은 어려서 아무것두 모르니께 좋다구 손 흔들구.

지금은 자동차 타구 시집으루 들어가지만 그때는 가마 타구 갔그든. 매칠 전에두 저기 테레비에서 나오드구만, 가마 타구 시집가는 거. 돈 읎는 이들은 꼭지가마라구 사람 둘이 붙들구 가는 거 타구 시집가. 그거는 각시가 올라가 앉아 있으면 휘청휘청 한다 그려. 붙들구 가는 사람들두 힘들다 그러구. 돈 좀 있는 부자들은 사륜교라구 가마 하나에 사람 넷이 붙들구 가는 거 타그든. 한 모퉁이에 한 놈씩 잡으니께 올라가 앉았는 각시두 편허구 붙들구 가는 이들두 덜 힘들지. 나는 그 사륜교 타구 갔어. 옛날 사륜교는 아주 고왔지. 수술 달아서 곱게 만든 사륜교, 꽃가마 타구 시집으루 들어갔어. 친정집에서 광천 시집까지 한 이십 리 되는디 거기를 가마

타구 갔어. 아이구 참 멀기두 혔지. 해미서 콕 박혀 살다가 첫 번
멀리 나온 것이 시집가는 길이었네. 해미서 광천 가는 그 길이 워
찌나 멀든지 참…….

혼인을 혔으니 함께 살 수밖에 읎는 거여

혼인이라구 혔어두 나는 우리 신랑이 뭐 하는 분인지 그런 거 하나두 몰랐그든. 아무두 안 일러 주시데. 근디 인저 시집으루 들어가서 하루 이틀 지나구 눈치를 보니께 선비여, 서당 다니시는 선비. 나 열여섯이구 그이 스물여덟이었으니께 몇 살 더 먹은 거여? 난 몰러. 여튼 신랑이 이쁜 패랭이, 갓이 아니구 이쁘게 만든 패랭이 있어. 그거 쓰구 다니시믄서 농사는 안 허시구 서당만 다니셔. 방에서 공부만 허시지. 햇볕에 나가시질 않으니께 아주 고우셔. 동네 분들은 다 시커멓구 거칠구 그런디 우리 신랑은 아주 고우셨어. 난 일을 많이 하구 자라서 손두 이쁘지 않았그든. 마디두 굵구 상처두 있구 헌디, 우리 신랑은 손두 아주 새색시 손이여. 가느다랗구 하얗구 아주 이쁘셔.

낯설지. 이제 한평생 살아야 허는 내 집이지만 낯설어. 아는 이두 읎구 어디에 뭣이 있는지두 모르겠구. 새색시라구 그랬는가 처음 시집 들어가서 한 이레는 그냥 두데 일 안 시키구. 근디 녹록지가 않은 것이 사람 사는 것이여. 돈 많구 인심 좋은 집이라구 마냥 좋은 줄만 알었지.

열다섯 먹은 종아이 데리구 시집 들어가서 한 석삼 일이나 지났나? 그때 밥은 내가 안 혔그든. 나는 그저 앞치마 두르구 부엌에 가만 서 있으믄 머슴들이 밥허구 반찬혔어. 그러면 상은 내가 보는 것이지. 상에 반찬 놓구 수저 돌리구 그러는 거 있지? 그른 것만 내가 혔다구. 그날두 그렇게 준비혀서는 밥상 들구 갔어, 시어무니 방으루.

"어무니 진지 드세유."

몇 번을 말해두 대답이 읎으셔. 가만 문을 열어 보니께 우리 신랑허구 시어무니하구 두 모자가 다 안 계셔. 그래 그냥 상 들구 들어가서 얌전하게 앉아 있었어. 그 집 종들이랑 내가 데려간 종아이는 저쪽 끝에 다른 상 놓구 함께 들어와 앉았구. 잠시 그렇 허구 있으니께 시어무니가 들어오시는디 아이를 데리구 들어오셔. 아이 하나는 업구, 하나는 손을 잡고 오시데? 신랑은 뒤에서 비영비영 따라 들어오시구. 아 근디 시어무니가 밥숟가락두 들지 않으시구 그 아이를 내 무르팍에 떡 앉혀. 그러구선 아이들한테 그러시데.

"느그 어머니께 이제 엄마라 해라."

웬일이여? 내 마음이 워떨 텨? 벌렁벌렁 떨려. 아이가 하나는 시 살, 하나는 다섯 살 먹었다는디 그거 아주 벌렁벌렁거리구 정신 잃게 생겼어. 눈앞이 캄캄혀. 신랑이 가만 보니께 내 눈치가 심상치가 않그든.

"어머니는 찬찬히 좀 하시지 뭐 급혀요?"

그르시드니 나보구는,

"어른 식사 안 하셨으니께 자네두 앉아 있게. 편히 앉아서 밥

들어."

어디 그 소리가 귀에 들어오간? 심장이 쿵쾅쿵쾅 뛰구 눈물이 비 오듯 혀. 밥이 목구멍으루 들어가남? 숟가락 들 힘두 읎어. 밥두 못 먹구 어린애 띠어 놓구 뛰어나왔지. 휘청휘청 허며 나왔어. 그러니께 내가 데리구 간 종아이가 따라 나와서는 그러는 거여.

"작은아씨, 이제 워쩐대유, 이게 뭔 일이유."

옛날 세월에 사기혼인이구 뭐구 그른 거나 아남? 도망두 못 가. 워디가 워딘지두 모르는디 도망을 워찌 가. 그저 내 방으루 들어가서 훌쩍거리구 울었어. 어무니 생각이 나데. 어무니 생각, 동생들 생각이 나. 목구멍이 따갑구 어무니 생각만 그저 나는 거여. 울다가 울다가 종헌테 그랬어.

"너하구 나하구 해미루 가자."

"아기씨 그런 소리허믄 큰일나유, 혼인을 혔는디 워찌 가남유."

둘이 붙들구 울었어. 그롷지, 맞는 소리여. 혼인을 혔으니 이제 갈 수두 읎는 거여. 내가 그러구 있으니께 다들 밥두 못 먹었지. 시어무니, 신랑 자리 두 분 다 뭐 할 말이 있남? 그르니께 방에는 들어오지두 못허구 밖에서 어슬렁거려, 신랑이. 얼마 있으니께 사촌형님이 들어와. 시어무니가 들어가 달래라구 시키셨을 테지.

"헐 수 읎어. 동서 사주여. 울지 말구 밥 먹어. 다른 일 시키지 않을 테니께 애들이나 키우구 살믄 돼. 헐 수 읎어."

헐 수 읎지, 헐 수 읎다는 그것은 나두 알겠는디 눈물만 줄줄 흐르지. 열여섯짜리가 시집가서 사흘 만에 다섯 살짜리 아이 어매가 되었는디 워떨 텨? 알구 갔어두 기함헐 일인디, 나는 아무것두 몰랐단 말

이여. 데려간 종아이는 자꾸 울믄서 해미집으루 간다는 겨. 큰아버지가 보내시믄서 5일 있다 오랬는디 자꾸 오늘 간다구 그려. 자꾸 울믄서 그래 싸니께 워뚷 혀? 보내야지.

옛날에는 광천서 서산 들어가는 차가 하루 세 번 있었그든. 밥이라두 멕여 보내구 싶은디, 차려 줄 정신두 읎구 걔 역시 먹구 싶지 않다며 부득 우겨. 보니께 차 들어올 시간 가까워 오네. 참 그 정신에두 친정에 뭐 좀 보냈으믄 싶어. 시집에 먹을 꺼 많으니께 그것 좀 종아이 손에 들려 보냈으믄 싶은디 안 챙겨 주시데. 새색시가 제 손으루 그른 거 챙길 수 있간? 헐 수 읎이 종아이만 데리구 버스 서는 데까지 나왔어. 끼니 거르구선 걔랑 나랑 둘이 큰길가에 서서 차 기다리는디 워찌나 눈물이 흘러 쌓는지. 둘이 그르구 울믄서 서 있었어. 내심 차가 안 왔으믄 싶은디, 그래두 때 되믄 오는 법이여. 금방 왔어. 아주 금방 버스가 왔어. 걔는 그거 타구, 난 밖에 그대루 섰지. 안팎으루 마주허구 보믄서 울었어. 차가 출발허는디 하나는 길에서, 하나는 버스 안에서 그릏게 울었어. 사람들이 보건 말건 챙피헌 것두 몰러. 걔가 안 보일 때까지 게서 울구 섰는디 시집으루 들어가기 싫데. 들어가기 싫으니께 그 자리에서 마냥 울구 서 있는 거여. 한참을 울구 있는디 누가 보는 거 같네? 가만 보니께 신랑이 저쪽에 서 있어. 쭈욱 보고 계신 모양이여. 몰러, 미안허니께 그러셨는지 종아이랑 친정으루 도망갈까봐 그러셨는지. 그저 거기 그러구 계셔. 가까이 오지두 않으시구 그저 저쪽 나무 밑에 한쪽으루 빼딱허게 서 계셔. 그러구 계시는 거 보니께 눈물이 더 나데.

"바람이 차네. 들어가세."

신랑이 저만치 앞서 가시구 나는 뒤에서 따라가구, 워쩔 수 있간?

벌써 혼인을 혔는디 워쩔 껴. 살어야지, 함께 살 수밖에 읎는 거여.

세상살이가 마음 잡은 대루 가는 것이 아녀

그러니께 우리 신랑이 장가를 두 번이나 갔다 온 사람이여. 내가 세 번째인 거여.

처음 장가들었던 여자, 그러니께 큰마누라지. 그이네 친정은 최참 뱅(참봉)이고 우리 시집은 김가여. 그러니께 김참뱅하고 최참뱅하고 사돈을 맺은 거여. 우리 신랑이 큰마누라랑 혼인헌 것이 열셋이구 열 넷에는 딸을 낳았어. 옛날에는 그 나이믄 아이 낳기두 허구 그랬어. 당시 우리 시집이 서당을 하셨는디, 호두나무가 대문 양쪽에 섰그든. 호두나무 사이 대문 열구 들어오믄 마당이 아주 넓었다구. 그 마당 따라 곧추 들어가믄 방이 하나 있는디 그 방에서 인제 한문서당을 하 신 거여. 시집두 시아버지가 일찍 돌아가셨그든. 우리 신랑이 어릴 때 돌아가셨다데. 우리 신랑은 아부지 얼굴두 모른다구 그려. 그르니 께 한문서당 하신 양반은 우리 신랑의 아버지가 아니라 큰아버지, 나 한테는 시큰아버지가 되시지.

큰마누라가 첫딸 낳구 3일 지나서 냇가에 나왔다네. 빨래를 하러 나온 것은 아니라는디, 아무두 그이헌테 빨래를 시키지 않었데. 돈 있는 집이서 손녀 낳구 3일 된 며느리 빨래는 안 시키셨을 테여. 그때가 여름이었다는 거 보믄 더우니께 몸 닦으러 나왔는지 워쨌는디 여튼 석삼 일 만에 밖으로 나왔다 그려. 냇가에 나왔다가 집으로 들어가는디 서당 아이들이 공부 마치구 나오는 시간이네? 그르니 각시가 호두나무 뒤에 얼른 숨었지. 남자들 앞에 나설 수 읎으니께. 고롱게 얌전히 가만 숨어만 있었으믄 아무 일 아닌디 이 마누라가 서당 아이들을 보고 웃었어, 빤히 쳐다보믄서. 아 그러니 글쎄, 뭐 하러 애 낳구 3일 만에 지럴하구 나왔냐구 난리가 난 거여. 왜 기어 나와서 넘의 남자들을 보고 웃어 재끼냐구. 그래 애 낳구 석삼 일 된 며느리를 친정으루 쫓았어. 최참뱅이 집에서는 기가 맥힐 노릇이지. 그르니 쫓겨 온 딸을 김참뱅이 집으루 다시 쫓구, 김참뱅이 집에서는 또 최참뱅이 집으루 내쫓구. 몇 번을 그렇게 헌 모양이여. 그룽 허다가 결국 최참뱅이가 졌어. 그러니께 인제 김참뱅이 집, 우리 시집이지. 우리 시집에서 그 큰며느리를 친정으루 치웠어. 갓난 손녀애두 최참뱅이 집에 줘 버리고. 그놈이 아들이었으면 안 줬을 텐디 딸이니께 줘 버린 게여.

그르구선 이제 두 번째 장가를 들었어. 두 번째는 시집갔다 온 이혼녀를 얻어서 살았다 그려. 그건 배씨였는디 거기서 아들, 딸 남매를 낳았어. 그 마누라는 서당 아이들 보고 웃어 재끼진 않은 모양이여. 아 근디 이번에는 얼마 못 살구 그 여자가 죽었네?

갓난쟁이들 있어, 살림살이는 커, 어머님은 늙었지, 신랑은 병들었지. 그거 아주 큰일 아녀? 그러니께 우리 당숙모 보기에 그 집두 사정이 안됐지. 근디 우리 친정두 살기가 힘들어 뵈그든. 아버지 돌아가시구 어머니 혼자 아이들 다섯 키우면서 먹구사니께 힘들어 보이는 것이 정한 이치여. 당숙모 말은 그려.

"장가를 두 번이나 들구 몸은 약해두 부자잖냐. 부리는 종들두 많구 땅두 많어. 그러니께 가난한 처가 돌봐 주며 살믄 되겠다 싶어 너를 중신한 것이지 뭐 나쁜 마음으루 그런 것은 아니다."

그이, 당숙모 말이여. 내가 시집가서는 내 사촌시모가 되셨는디, 그이 속마음은 어땠는지 몰러. 그것은 모르겠지만 나는 속은 것이여. 나는 중신에미한테 속은 것이라구. 아이 있는 거 말구, 또 내가 속은 것이 우리 신랑이 병이 있었어. 몸 약허구 잔병이 있는 것이 아니구, 아주 큰 병이 있었어. 당숙모는 즈이 사촌오빠 병든 것과 두 번이나 혼인했던 사람인 건 알았겠지. 우리 친정집 사정 훤히 알았던 것처럼 시집 사정두 다 알았을 테여. 혼인했던 것은 물론 알았을 테구 죽을 병인지는 몰랐을 테지만 병이 있는 것두 알았을 테여. 죽을병인 것은 몰랐다는 말은 옳은 말 같애. 우리 신랑 태어나기 전부터 종살이하던 이들두 서방님 몸이 약허시다, 그렇게만 알지 속사정은 전혀 몰렀으니께.

우리 어무니랑 사촌오빠들이 아주 난리를 피웠어, 당숙모헌테. 불쌍헌 애 속이구 그런 사람이랑 짝 지워 줬다구 아주 크게 난리 피우셨다구. 나는 그때 철모를 때니께 아무 말 못 혔어. 우리 시집에 간간이 왔어두 당숙모 왜 나를 속이셨느냐구 그 말 한마디를 못 혔어. 지금 겉으면 왜 말 못 혀, 당장 물러 달라구 대들었을 테여. 나 중신하구 우리 시집에서 뭐 좀 얻어먹었는가 벼. 중신삯 챙긴 거 같어. 참 중신삯이나 챙기자구 나를 섞이더니 그 집두 끝에 가서 좋지 않데. 아들 하나 있는 거 차 사고로 죽어, 얼마 지나두 않어서 손자 하나 또 차 사고로 죽었어. 하나 남은 애 있는디 그것은 뱅신이여, 얼떵허니 아무것두 모르는 아이여.

참, 우리 신랑이 장가갔다 오구 몸 약헌 사람이지만, 오래오래 살믄서 우리 친정두 좀 도와주구 그렇게만 허면 큰일 날 일은 읎지. 그렇게만 됐어두 괜찮지, 괜찮어. 친정 도와주며 살 수 있으믄 아이 둘 못 돌보겄남? 근디 세상살이가 그렇게 마음 잡은 대루 가는 것은 아니여.

우리 사촌오빠들은 시집서 속이구 나 데려갔다구 혼인신고두 안 해 줬어. 내가 열여섯에 시집을 갔잖어. 그 나이는 미성년이기 땜시 혼인신고를 못 했그든. 지금은 어떤가 몰러. 옛날에는 스무 살이 안 되면 혼인신고를 못 혔어. 그러니 처음엔 나이 어리다구 못 허구 그 다음엔 속인 것이 분허다구, 속이구 데려간 것이 분허다구 혼인신고를 안 혀 줬어. 몇 년 살구 나서는 우리 어무니가 강요허셔서 혼인신고 그거 하려구 했는디 먼저 있던 마누라를 아직 띠어 내지 않았다데. 그니께 맨 먼저 혼인한 여자가 쭉 호적에 붙어 있었던 게여. 그래서 또 못 혔지. 꼼짝 못 허구 몸은 게서 살면서두 호적은 친정에 있는 게여. 그러니 나는 호적상으루는 지금껏 깨끗혀. 우리 아들, 딸은 신랑의 큰마누라 아들루 돼 있을 테지. 나는 법적으로 그 집 사람이 아니지만 우리 아들이랑 손주들은 그 집 호적에 올렸어. 당연한 일이지. 자식은 본래 애비 호적에 오르는 것이니께. 그러니께 우리 아들, 우리 손주 모두 법적으루는 내 자식들이 아닌 게여. 뚝 떨어져서 달랑 나 혼자여.

46

세상에 시집살이두 그런 시집살이가 읎어

자식 있는 거 내게 속였지, 큰 병 있는 거 내게 속였지. 그것이 미안허니께, 미안혀서 그렸는지 도망갈까봐 그렸는지 실상은 몰러. 그것은 모르겄는디 나 시집와 처음 얼마 동안은 잘해 주시데, 시어머니께서. 아이들이나 잘 돌보라 그러셔. 밥은 종들이 다 하니께 나는 호강이지. 근디 내 팔자에 호강은 읎었던 모양이여. 한달이나 지났나? 물레질 허라 그러데. 목화, 명 있지? 그걸루 물레 틀랴. 나는 나이 어렸어두 베 짜는 거 마름질하는 거 다 배워서 갔그든. 그러니께 두말 안 허구 베틀에 올라앉었어. 아이구, 그때부터는 밤이나 낮이나 일만 시키는 거여.

우리 시어머니가 머리 하얗게 샌 경상도 할머니셨는디, 세상에 시집살이 시집살이 그런 시집살이가 읎어. 그 경상도 할무니 참 시집살이 맵게두 시켜. 밤이나 낮이나 사람이 가만있는 꼴을 못 보셨으니께. 눈 뜨면 밥상 봐라, 해 뜨면 밭일해라, 해 지면 베 짜라. 아침상 보는 것과 낮에 밭일은 그럭저럭 허겄어. 일꾼들이랑 어울려 일허니께 힘쓰는 것은 그이들이 도와주구 심심치두 않구. 근디 밤에 베 짜는 건 참말 죽을 맛이여. 버선, 두루마기, 남자들 바지저고리 같은 거 그런 거 만드는 법은 배워 갔으니께 잘 허지. 길쌈두 잘 혔어. 친정집에서 베, 삼베, 명 길쌈허는 거 다 배워 갔단 말이여. 근디 우리 시집에서는 모시허잖아. 누에 쳐서 실 뽑는 것을 한단 말이여. 내가 언제 그런 것을 해 봤간? 시어무니가 데리구 앉아서 가르쳐 주시는디 내가 잘못 허는 거 같으믄 호통을 치셔. 그거 무서우니께 정신 똑바루 차리구 앉아서 배웠네. 해 보니께 그래두 명주는 짜기 좋지. 정신만 차리믄 끊어지지는 않으니께. 아침 먹구 베틀에 올라앉으믄 점심 먹을 때까지 못 내려와. 점심 냅따 먹구 이제 밭일 해야지. 밭일 허구 들어와서 쉬지두 못허구 또 베틀질하는 거여. 그렇게 바짝 일하믄 명주 열두 되 갖구 아홉 자, 잘 짜면 열한 자 그렇게 짜지. 그거 짜 놓으믄 아주 팔뚝만 혔어.

밤에 일허는 것이 그중 괴로워. 여자들은 밥을 많이 안 주그든. 밥은 주는디 남자들 먹듯이 새참 그른 거는 안 줘. 그저 삼시 세끼 주는 거 먹구선 밭일을 허니께 밤 되면 배고프지. 밭일 마치구 들어와서 그냥 잠들믄 배고플 일두 없는디 베 짜라 그러시니께 그거 하믄 배고픈 거여. 저녁끼니 먹은 것이 그 시간이믄 다 내려갔으니께. 게다가 하루 두세 시간 자구 일어나서 일하니께 졸리기 시작허지. 베틀에 앉기만 허면 그렇게 졸릴 수가 읎다구. 넘들 다 자는 시간이니께 아주 조용허지. 그러니 그거 참 더 졸릴 일이여. 그럴 때는 무슨 소리든 나믄 졸음이 쫓겨가그든. 그래 한창 졸릴 때는 소리나게 헌다구 베틀 양쪽 고다리, 실 거는 곳 있어. 거기다가 숟가락을 걸어 놔. 그르믄 아주 달강달강 소리 좋어. 명주가 짜지면서 달강달강 소리 나지. 그러믄 눈 팔 틈도 읎이 또 일허는 거구. 그릏게 죽어라 일해두 내가 나이 어리니께 바느질을 해두 그릏구 다른 것두 그릏구 시어머니 마음에 꼭 들 수 있간? 나는 잘 한다구 해두 시어머니는 아주 눈치를 사납게 주시지. 잠시 쉴 새가 읎어. 나중에는 낮에 밭일허다가두 까빡까빡 졸았으니께.

우리 시집에 모과나무가 많았그든. 그거 어지간히 못생긴 놈은 약국으루 가져다주구, 좋은 놈은 식구들이 먹었어. 나는 그거 안 먹어 봤으니께 입에 안 댔그든. 근디 우리 사촌동서가 옆에 붙어서는 먹으라구 허데.

"성님, 보기에는 울퉁허니 못생겼어두 맛은 좋아유. 드셔 봐유."

"자네 먹게. 나는 생각 읎어."

"아이구 성님 맛 좋다니께유. 나중에 울지 말구 드셔유."

자꾸 그러니 워뚱 혀. 먹구 죽을 놈 주는 것두 아닌디 받아먹어야지. 먹기 싫은 거 겨우 입에 넣었어. 입에 넣었는디 그거 아주 맛있데. 그거 그냥 먹어두 맛있지만, 소 여물통마냥 생긴 데다가 모과를 넣구 슬쩍 찌그든. 푹 찌면 안 돼, 무르면 그거 못 쓰니께. 그저 슬쩍 쪄서 바루 꺼내믄 말강말강허지. 그때 껍질 벗겨서 먹으믄 참 맛있어. 참모과는 시지두 않구 달큰허니 그릏게 맛날 수가 읎지. 안 먹는다구 배짱 부리다가 제일 많이 먹었어. 그거 방에다 갖다 놓으믄 냄새두 좋아. 그러니 그거 다 먹어 읎애기 전에 동상들 주고 싶어서 애가 바싹바싹 타지. 우리 친정은 실과 농사두 안 허구 또 사다 먹지두 않으니께 그런 거 구경 못 헌단 말이여.

하루는 아침 일찍 사촌 시아주버니가 오시드니 처갓집에 간다 그려. 그 시아주버니 처가가 해미그든. 우리 친정두 해미잖어. 시어무니가 타박타박 나오시더니 시아주버니더러 그르셔.

"처가 어른들 드실 만헌 거 있으면 챙기게."

그때는 지금처럼 냉장고가 읎으니께 실과두 곳간에 두그든. 볏섬으루 돌돌 말아 놓기두 허구 또 볏섬이 읎으면 먹종이루 돌돌 말아 놓기두 허지. 곳간 문 열어 주니께 시어무니랑 시아주버니랑 들어가서 모과며 쌀이며 챙기시데. 자루, 볏자루에다가 한가득 챙겨서 아주 꽁꽁 묶어서 들구 나가. 너두 챙기라는 말씀은 안 허시네. 그거 참 우리 친정집에두 좀 주고 싶어 죽겠지. 눈치만 살살 보구 있는디 모과 네 개를 따루 넣으시데, 시어무니가. 그리구는 시아주버니 주시믄서 그르는 거여.

"이거 애기 친정에 좀 갖다 주세유."

시아주버니는 한 자루 가득 제 손으루 골라 담아 넣게 허구 우리 친정에는 모과 네 개 주시네. 우리 식구 어무니랑 동생들 해서 넷이니께 하나씩 먹으라구 네 개 주시는 게여. 아주 속상허데. 친정나들이 한 번 안 보내 줘두 잔말 안 허구 일만 허는디 모과 네 개가 뭐여. 그러니 참 나두 미련혀. 친정에 더 챙겨 주구 싶으면 시어무니한테 얘기를 하든지, 훔쳐서 보낼 꺼믄 쌀이라두 한 가마 훔쳤어야 허지 그른디 달랑 모과 세 개를 훔쳤어, 큰 눔으루다가. 그거 훔쳐서 시아주버니께 드리면서 그랬지.

"이거 우리 친정에 세 개만 좀 더 갖다 줘유. 모과가 물러 터져서 어디 부딪히면 뱅신되니께 조심혀서 들구 가세유."

참 그거 더 갖다 줬다구 신랑이 지럴허데 아주. 워찌 알았는지 모르지. 어디서 듣구 와서는 아주 불같이 화를 내셔. 왜 몰래 꺼냈냐구, 어무니께 친정 갖다 드린다구 말씀드리면 어련히 챙겨 주실 텐데 왜 그거 도둑괭이마냥 몰래 훔쳐 주냐구 아주 호통 치셔. 아픈 양반이 참 그를 때는 기운이 넘치시데, 어찌나 호통을 치시는지. 나는 아주 두말두 못 허구 앉아 있었어. 얼굴만 빨개져서는 고개 폭 숙이구 가만있었어.

신랑이 지랄허든 말든 우리 어무니, 동생들 잘 먹었으믄 나는 괜찮어. 그럼 괜찮은디, 그거 괜한 짓 헌 게 돼 버렸어. 시아주버니구 뭐구 참 나쁜 눔이지. 우리 친정에는 네 개두 아니구 세 개를 주드래. 눈이 있으면 보일 꺼 아녀. 우리 친정 어렵게 사는 처지가 눈에 뵐 텐데 그거 모과를 세 개만 주드래. 사람이믄 즈이 처가 준다구 한 자루 가득 챙겨 간 데서 몇 가지 더 내놨을 텐디 우리 시어무니가 주신 것두 하나를 빼먹은 거여. 즈이 처가루 들구 간 거지.

그러니 참 사촌이라두 믿을 눔이 읎어. 내 맘 내가 혼자 갖구 있어야지 누구 하나 믿을 눔이 읎는 게여. 우리 신랑두 내가 모과 세 개 훔친 거 사촌아주버니가 얘기했으니께 알았을 테지. 우리 시집은 잘 살구 그 사촌네는 형편이 어려웠그든. 그러니 그 시아주버니랑 형님은 연신 우리 집에 와 살며 내 손으루 헌 밥 얻어먹었어. 밥만 얻어먹었간? 가난허니께 집에 가서 애들 허구 먹으라구 쌀두 퍼 주구 실과두 퍼 주구 뭐 생기믄 이것두 저것두 다 퍼 줬지. 근디 그 공 하나 읎데, 하나 읎어.

아이구 형님 아이 서는가 보네

나는 첫아이 들어서는 것두 몰랐어. 어려 시집왔으니께 모르지. 누가 가르쳐 주는 이두 읎었구. 이 천치가 글쎄 달거리를 안 허는디 그것이 애 서는 것인 줄 몰랐다니께. 나는 전혀 몰랐는디 사촌동서들이 가르쳐 주데. 사촌들이 모두 가깝게 사니께 동서들은 노다지(언제나) 우리 집에 와서 살었그든. 다들 가난혔으니께 끼니두 우리 집에 와서 먹구 죄 우리 시집에서 그이들을 도와주는 게여. 말허자면 우리 큰아버지께서 우리 집 도와주시듯 그런 이치지. 그러니께 이제 동서들이 모두 모여서 빨래두 함께 하그든, 개울에 가서. 빨래를 함께 허니까 그이들은 딱 알데. 달거리허면 지금은 좋은 거, 한 번 쓰믄 버리는 거 쓰지만 옛날에는 명주를 반듯반듯 잘라서 썼단 말이여. 쓰구 버리는 것이 아니구 빨아서 또 쓰구 또 쓰구 허는디 달거리 빨래를 안 허니께 동서들이 먼저 그 소리혀. "아이구 형님 아이 서는가 보네."

호랭이꿈 꿨어. 나물 뜯으러 갔는지 워찌 갔는지 모르겄는디 내가 산에 있었그든. 크다란 포대자루를 어깨에 턱 걸치구 험한 산길을 가는디, 참 잘 걸어. 내가 말이여, 길이 아주 험한디 술술술술 산을 타그든. 근디 산중턱께 올라갔을까, 엄청 큰 호랭이가 내 넙적다리를

52

느닷읎이 물구 늘어지는 거여. 눈이 번들번들허구 털이 반질반질헌 놈이 아주 엄청나게 크기두 커. 이제 나는 그거 뿌리치느라 죽을 땀을 흘리며 도망가는 거여. 어매 나 죽는다구 도망가는디 아 이눔이 놔 주간? 그러니 을매나 무서울 껴. 막 소리 지르구 울며 깨 보니께 그것이 꿈이여. 호랑이가 나오건 용이 나오건 돼지가 나오건 그것이 태몽이면 무섭지 않다구 그러그든. 암만 큰 눔이 달려들어두 그것을 뿌리치지 않는 법이라 그려. 근디 나는 무서워, 매우 무서워. 막 뜯어 냈으니께, 이상허지. 그거 뜯어낸 것이 지금껏 후회여. 내가 품어 줬으믄 우리 아들이 그릏게 참······.

시어무니는 그거 띠어 내라구 허시데. 띠어 내구 읎애라구 성화허셔. 우리 신랑이 그때 벌써 병세가 몸에 나타났그든. 고통이 심해지구 있었단 말이여. 또 작은마누라가 낳구 간 아들이 있으니께 자손 반갑지 않으신 게여. 그래두 어린 거 긁어 낼 수 있간? 못 헌다구, 못 헌다구 늘어졌어. 배 속에 아이가 지 달가워 않는 거 알았는지 어쨌는지 헛구역질두 읎구 먹구 싶은 것두 읎구 평시와 똑같앴어. 나 일허는 것두 달 채워서 아주 움직이기 힘에 부칠 때 그만뒀지, 계속 일혔어. 밭일두 허구 베두 짜구 그런 거 다 여전히 혔다구.

사촌형님들 보니께 아이 낳을 때는 친정으루 가시데. 친정 가서 아이 낳구 몸풀구 그러구들 오셔. 근디 우리 시어무니는 친정 가라는 소리를 안 허셔. 열여섯에 시집와서 스물에 아이 갖기까지 친정집에 한두 번이나 갔나? 못 갔어, 여간해서 못 가구 한 번 가두 하룻밤 자면 돌아오기 바빴지. 그니께 이제 아이 갖구 친정집 갈 생각에 좋아 혔어. 아이 낳구 한 보름 몸풀구 그러구 오니께, 시간두 넉넉허구 참 내심 좋았어. 근디 끝끝내 친정집 가라는 말씀 안 허서.

　그래 그냥 시집에서 사촌동서랑 아이 낳았어. 동서라 혀도 나보다 시집 일찍 왔구 나이두 많지. 내가 우리 신랑 세 번째 마누라 아녀. 그니께 동서들이 모두 나보다 나이 많어. 동서가 한 명 들어와서 밑에 봐 주구 아이 낳았어. 우리 시어무니는 안 들어오시데. 아이 낳는 거 못 본다 그러며. 소리 꺄악꺄악 지르는 거 듣기 싫다며 안 들어오셔. 당신 아들이 아픈디 새파랗게 어린 며느리가 아프다구 소리 지르는 꼴 보기 싫었을 테지. 그래두 우리 친정어무니 닮았는지 아이 쉽게 낳았어. 한 너댓 시간 아프다가 낳은 거 같애. 막 죽을힘을 쓰지, 죽을힘을 쓰다가, 진짜 죽네 죽어 싶으면 그때 이제 아이가 나오그든. 아이가 나오믄 기운이 탁 빠지지. 우리 동서가 아들이라구 그러는디 그 소리 들으니께 참 좋데. 아이구 이제 됐구나 싶어.

　아이 젖 물려야 허니께 산모 먹을 것은 있어야지. 그러니 미역국은 한 솥 끓여 놨데. 그거 퍼 주는 거 먹구 며칠 누워 있지두 못했어. 시어머니는 눈치 주시구 신랑은 아프구 허니께 누워 있어두 맘이 편허지 않어. 그래 며칠 지나 그냥 일어났어. 우리 시어머니는 아이 이뻐 않으시데. 갓 낳아서 내 옆에 눕혀 놨는디 한 번 안아 주시지두 않어. 지금 겉으면 서운하다 싶었을 텐디 그때는 그런 거 알간? 그저, 어무니가 아이를 좀 안아 주셨으믄 좋겠다 싶지. 큰아버님이 함께 사셨으니께 우리 신랑두 아이 이뻐하는 내색 않으셨어. 지금 젊은 부모들은 어른들 앞에서두 자기 자식 이쁘다구 그저 안아 주구 입 맞추구 그러지만 우리 때는 어른들 앞에서 자식 이쁜 내색 하는 법이 아니었그든. 그런 것은 아주 돌상놈들이 허는 짓이라 그렸으니께.

그르니께 혼인하구 한 삼 년 있다 낳은 거여. 그것이 나 스물 때였나. 내 새끼라 해두 이쁜 줄 어떤 줄이나 알았간? 그런 것두 몰랐어. 그저 시어머니가 젖 먹이라면 먹이구 내려놓으라면 내려놓구. 젖두 바루 앉아서 주기나 하간? 내 자식 내가 젖 주는데두 옆으로 돌아앉아 눈치 보며 먹이구. 젖 먹여 놓으면 할머니가 띠어 가기 바쁘지. 나는 일하라구 밖으루 내보내구. 나는 그릏게 구박을 해 쌓더니 애는 이뻐허데. 처음에는 한 번 안아 주지두 않드니 얼마큼 지나니께 이뻐혀. 손녀였으면 그리 이뻐하지 않았을 껴. 손주니께, 손주니께 이뻐허셨겠지.

아이 낳구 나니께 일년에 두 번은 친정에 보내 주셨어. 처음에는 애기 낳구서 아이 데리구 가구, 우리 아버지 지사(제사)가 2월 달이그든. 그니께 2월 아버지 지사 때 한 번, 4월 어무니 생신 때 한 번 그릏게 보내 주셔. 곳간에 먹을 것을 그득그득 쌓아 놓구 살어두 나 친정 갈 때 그거 조금 안 줘. 나는 그거 조금 안 주시나 싶어서 기다리지. 내심 주시겄지 주시겄지 허며 기다려 봐도 그거 가져가라는 말씀허실 줄을 몰라, 우리 시어머니는. 그저 돈을 주시는디 아주 조금 줘, 좋은 놈은 사지두 못헐 만큼 조금 주신다구.

그래두 참 혼인이 뭣인지 그 집에서 고생고생허며 시집살이허구, 친정나들이 헐 때는 쌀 한 바가지 내 마음껏 못 들구 와두 그곳이 진정 내 집 같애. 일년에 두 번 친정 오는디 한 번 오믄 이틀 저녁밖에 못 자그든. 친정어무니 곁이 따습구 어린 동상들이 이뻐두 겨우 이틀 잠자구 돌아갈 때 되면 나는 벌써 서두르는 거여. 발길은 무겁지만서두 시집으루 가구 싶어. 그곳이 내 집이구 그곳에 내 살림이 있으니께 얼른 가구 싶지, 가기 싫구 그러지 않데. 그래 딸자슥은 소용없다 그러는가 벼.

사람 목숨이 어디 맘때로 되간

나이 차이 많이 지구, 내가 즈이 어머니한테 그렇게 구박받어두 신랑이 날 이뻐하구 그런 것두 읎었어. 위해 주구 그런 거나 알간? 무서운 시어머니 기시지, 부리는 종들이랑 머슴 있지. 그러니께 그이들보기 부끄러워서 위해 주구 그런 거 몰렀어.

옛날에는 혼인허구 부부가 돼두 처음부터 한방을 쓰지는 않그든. 우리 시어머니가 워떻게 허셨느냐 허면, 저쪽 윗방에 물레를 해 놓으시구 허연 천을 매달아서 그 방을 반으루 나눠. 그러믄 한쪽에서는 물레질혀두 한쪽에서는 잠잘 수 있지. 그른디 내가 물레질헐 때 한쪽에서 자는 것이 신랑이 아니구 시어머니여. 신랑은 아랫방에서 혼자 주무시지. 각방 쓰니께 신랑허구 다정허게 얘기허구 그런 것두 몰러. 그저 그렇게 지내다가 이제 한달에 한 번이구 두 번이구 각시방이라구 만들어서 신랑을 들여보내 줘. 그러면 그날은 신랑이랑 함께 자는 거여. 보는 이 읎이 단둘이 있어두 부끄러워 얼굴두 제대로 본 적이 읎어.

그렇게 얼굴도 맘껏 마주 못 허구 살었지만, 시집살이라구 허다 보면 의지되는 건 신랑뿐이잖어. 시어머니가 귀히 여겨 주는 것도 아니고 신랑 아니믄 그 집에서 살지두 못혀. 시집살이가 어디 여간이간. 낮에 밭일허구 기운이 쑤욱 빠져서 베틀에 올라앉으믄 홍시가 있어. 어떤 때는 복숭아두 있구 어떤 때는 또 뭐가 있구, 신랑이 올려놓으신 게지. 시어머니 모르게 살짝 들어오셔서 올려놓으신 게여.

밤낮으로 일하기 고생스럽고 친정어무니 생각나 서럽기는 혔지만 그렇게만 쭉 살었어도 괜찮지, 괜찮어. 그렇게 살다가 나이 먹으믄 시어머니도 나를 그렇게 막 여기지는 않으실 테고 내 자식들 자라면 그것들이 다 내 편이니께 서러울 일도 읎을 것이고, 영감 건강히 살아 기시믄 거기에 의지하며 그렇게만 살아두 괜찮지. 옛말 허며 살 수 있지. 그렇게 생각허구 살았는디 어디 그것이 내 맘대루 되간? 속아 간 시집에서 구박받고 사는 것도 맘 불편헌디 신랑이 죽었어. 병들었던 분이니께 오래 살 수 있간? 얼마 못 살구 죽었어.

고치려구 했지. 별거 별거 안 해 본 것 읎어. 당시는 신랑 병을 체증이라구 혔그든. 근디 지금으루 말허면 그것이 암병이여, 속병이니께. 나 시집갔을 때 이미 꿀루 사셨어. 강한 거 못 드시니께 국물, 꿀 그런 것만 드셔. 또 강아지 잡어서 포 떠서 햇볕에 말려서 그거 기계로 빠숴 놓구 찹쌀 넣구 죽 끓일 때 한 주먹씩 넣어 드시구. 나중에 병세 깊어지구 나서는 신랑 병에 버섯이 좋다는 소리가 들려. 근디 막버섯이 아니구 강원도 무슨 산이라드라, 기억이 안 나네. 여튼 그 산에서 나는 버섯이라야 헌 데서 강원도까지 가서 버섯 구해 오구, 꿩이 고아 먹으면 좋다구 혀서 꿩이 잡다 과 드시게 하구 안 해 본 것이 읎어. 아주 야릇한 것까지 다 구해다 드시게 혔어. 있는 집 자식이니께 어뚷 허든 살리려구 별거 다 해 먹였지. 근디 사람 목숨이 맘대루 되간? 안 돼. 뭘 먹여두 안 들어.

안색이 검게 변하시구 숨이 고르지 못허시구 고통스러워허시니께 해미루 모시구 갔어. 시작은아버지가 해미서 최고 좋은 약방 아주 크게 허셨그든. 일본 정치 내내 그 약방 허셨는디 그리루 우리 신랑을 모셨지.

우리 신랑이 해미 약방으루 가시구 얼마 지나서 우리 큰아버지 생신이었나 그랬어. 그분이 우리 친정을 다 돌봐 주시니께 나는 생신잔치에 가구 싶지. 큰아버지두 내가 시집살이허며 사는 거 아니께 자꾸 한번 오라구 편지를 허셔. 그때는 전화나 있간? 그런 거 읎었그든. 그러니 이제 사람이 전하러 오구 편지가 오구 그러는 거여. 그때만 혀두 나는 우리 신랑이 죽을 거라는 생각을 안 혔그든. 한참 앓다가 쾌차허실 테지 그렇게만 생각했단 말이여. 그러니 신랑 걱정은 두 번째구 아주 이참에 친정 한번 갔다 왔으믄 싶어. 근디 시어머니가 보내 주간? 집의 일 해야 헌다구 안 보내 준단 말이여. 당신은 해미 약방 나가서 아들 병간허셔야 허니께, 나까지 친정에 가믄 집에 죄 머슴들만 있구 주인이 읎잖어.

"집에 주인이 있어야지, 주인 없이 머슴들만 그득허게 있으믄 그것이 상놈의 집이지, 양반집이냐?"

시어머니가 그렇게 말쓰허시니께 못 가지. 못 가구 큰아배 생신 그냥 맹하니 지나 보냈어. 며칠 집안일 허며 그렇게 있으니께 시어무니 돌아오시데.

"너 저 해미 작은아배네 약방 가서, 애들 아배 병간하구 오니라."

가라시니께 가야지. 가서 병간허는디 아주 쾌차하기 힘들어 뵈. 나는 뱅신마냥 아무것두 모르지만 내 눈에두 영 일어나기 힘들어 뵈셔. 집 떠나신 지 한 달포 됐나 그른디 그동안 낯빛이 아주 새카매지셨어. 딱 보구 내심 '아이구 이 양반 보낼 준비 혀야겠구나.' 했으니께. 며칠 병간허구 있으니께 시어머니가 오셨네.

"너 이제 광천 집에 들어가거라. 여기는 내가 볼 테니께 아이 데리구 가."

그날이 시월 초여드레 날이그든. 근디 우리 신랑이 참 효자시구 얌전하신데 그날은 부아질을 허셔.

"어무니는 왜 저 사람만 가라구 허세유. 나두 광천 집으루 가야 쓰겠구먼유."

아주 부아질을 허시는 거여. 우리 시어무니는 귀머거리되셨지, 아주 못 들은 척허셔. 시어무니 거기 계시게 허구 신랑헌테 인사허구 그러구 나와서 나는 광천 시집으로 돌아온 거여. 그것이 생전에 신랑 얼굴 본 마지막이여. 당신 저세상 가실 것 알구 그러셨는지 생전 안 하시던 부아질을 그렇게 허시데.

광천 시집에 와서 아이들 돌보며 큰아부지 진지 챙겨 드리며 지냈어. 근디 해미 나가 있던 머슴이 아침 일찍 들어오네. 그날이 동짓달 초하룻날이여.

"아씨, 큰마님이 친정에 다녀오시라구 그러네유, 얼른 짐 꾸려 나오세유."

웬일이여. 큰아버지 생신 때 그렇게 가구 싶은 내색혀두 다녀오라는 소리 안 허시더니 왜 해필 초하룻날 가라실까, 거참 별일일세 허며 짐 꾸렸어. 아이 어리니께, 그때 둘째가 젖 먹을 때그든. 그러니께 아이 기저귀 몇 개 챙긴 것이 전부여. 그러구 나오니께 사촌 시아주버니가 따라나서시네.

"여자 혼자 나서면 겁나유. 배웅해 줄 테니께 어여 가유."

그때는 버스가 잘 읎으니께 해미 친정 오려면 저 광천 오수산에서 장터까지 한 십 리 걸어 나와서 거그서 차 타야 하그든. 그날은 바람 두 참 매우 차. 그 길을 아이 하나 업구 기저귀 가방 들구 걸었지. 한참을 그러구 걸어서 광천 장터에서 버스 타구 홍성 기차 정거장에서 내렸그든. 이제 기차 타면 친정 가는 게여. 그래 이제 시아주버니가 기차표 끊는다구 줄 서시구 나는 한쪽에 서 있었어. 근디 저쪽에서 누가 광천 들어가는 차표를 끊어. 가만 보니께 그것이 우리 집 머슴인디, 해미 따라 나간 머슴 중 하나여. 아이들 아배 어찌 됐냐구 묻구 싶은디 암만 내가 부리는 사람이라 혀두 각시가 외지에서 넘의 남자랑 막 얘기할 수 있간? 못 한단 말이여. 그냥 서서 기침만 칵칵 하구 있었어. 그러니께 워쯩 하다 이 사람이 돌아다보데.

"아이구 작은 아씨, 지금 가세유?"

그러니 그이는 내가 친정 가는 것을 알구 있었던 게여. 신랑 아픈 디 각시가 친정 간다 그러면 흉할 것 같아서 아주 챙피허데. 얼굴이 빨개져서는 겨우 그릏다구 대답혔어.

"아씨 혼자 예까지 오셨어유?"

"저그 시아주버니 같이 왔다. 어찌 왔어? 무슨 일 생겼냐?"

"아니유. 아무 일 읎이유. 아무 일 읎네유. 어른 어디 계세유?"

자꾸 아무 일 읎다는 겨. 내게는 아무 일 읎다구만 허구 시아주버니 있는 데루 가데. 이 사람 하는 꼴을 보니 벌써 내가 맘이 이상허데.

둘이 야기하는 거 몰래 들어 보니께 죽었다구 허데, 신랑이 죽었는데. 다리에 힘이 쪽 풀리지. 신랑 죽었다는디 친정갈 수 있간? 그이들이랑 함께 광천 시집으루 들어갔어.

이제 머슴들이랑 사촌 시아주배랑은 상여꾼들 부르고 제 치를 준비허느라 정신읎구, 나는 그런 거 안 해 봤으니께 맹허게 있었어. 근디 광천 오수산 우리 시집에서 해미 약방까지 백삼십 리는 되그든. 그릏게 먼 길을 상여꾼들이 내내 상여 들구 올 수 있간? 기운 빠지지, 오다가 주저앉는단 말이여. 그래 상여꾼을 두 패루 해서 보냈어. 지금은 상여꾼이 여덟인지 그럴 꺼여. 그때는 꼭 열둘이 맸그든, 한 번 맬 때. 그른데 우리 신랑 때는 두 패 불렀으니께 상여꾼만 혀도 스물넷이 해미까지 간 거여.

상여꾼들 보내믄서 머슴두 몇 딸려 보내는디 나두 가야지. 신랑 집에 마지막 오시는 길인디 가야지. 그래 베 가마 만들어서 나두 데려가라구 그렸어. 그러니께 왜 영 못 가게 허네.

"아이구 아씨 그냥 기시믄 우리가 서방님 모시구 올 테니께 그냥 계세유."

또 다른 머슴 하나가 그러는 거여.

"큰마님이 친정 가 기시라구 혔는디 친정으루 얼른 가세유. 가 계시믄 모시러 갈 테니께 얼른 가세유."

자꾸 그러니 으뜩혀? 신랑 모시러 못 가구 친정으루 갔어. 다들 친정으루 가 있으라구들 허니께 그릏게 허는 거구나 혔지. 젖먹이 딸업구 몸땡이만 친정으루 떨어져 온 거여.

며칠 기다려두 시집에서 아무두 오지 않어. 한 보름 되니께 사촌 시아주배가 오긴 왔는디 애 데리구 왔데. 우리 아들 말이여. 딸은 젖 먹을 때니께 애초에 내가 업구 왔지만 아들은 거기 두구 왔그든. 근 디 그 아이를 데리구 온 거여. 워쩐 일이냐구 허니께 시동생이 와서 다 정리해 갔다는 겨. 갓 태어나자마자 서울 천석꾼의 집으루 양자간 시동생이 하나 있었그든. 그눔이 재산 다 정리해서 서울루 즈이 어무 니 모시구 갔다는 거여.

그러니 이 시동생이라는 눔이 우리 신랑이 죽을 것을 알구 서울서 해미루 내려온 거여. 즈이 어무니를 뭐라구 살살 녹여서 우리 신랑 돌아가시자 바루 나 친정으루 쫓아 보내게 허구 즈이 형 제사 중에 벌써 재산 정리를 헌 것이지. 노적들은 나눠서 머슴들 줘서 내보내구 다른 것은 하나두 남기지 않구 다 가져갔다 그러데. 아 그러니 워뚱 혀? 시동생이라는 눔이 어디루 갔는지 모르지, 안다 혀도 내가 게까 지 갈 수 있간? 그때는 누가 함께 가지 않으면 문 밖에두 못 나섰는 디. 젊으니께 아주 맹혔어, 고생을 안 혀 봐서 악다구니가 읎었단 말 이여. 그롷다구 친정서 누가 함께 가 줄 사람이나 있간? 아부지는 돌 아가시구 그저 어무니 한 분 계시는디, 우리 어무니두 마찬가지여. 그 세월에 여자가 어디를 찾아 나서겄어. 그러니 꼼짝 못허구 앉아 서, 그 많은 재산 홀랑 뺏기구 만 거여.

알몸땡이로 쫓겨온 친정집

시아주버니가 우리 아들을 광천서 해미루 데려다 주구선 그 집이
랑은 아주 끊어진 거여. 지금 생각혀 보믄 참 그 시동생 눔이 아주 돌
상놈이여. 상여꾼 보내며 친정으루 오던 날 내 옷가지라두 들구 오려
구 그랬그든. 벗구 살 수는 읎으니께 옷이라두 좀 챙기려구 그랬더니
머슴 하나가 자꾸 그냥 가시라 그래. 그래 그냥 왔는디 그것이 다 시
동생이 머슴들헌테 시킨 거드만. 이놈이 내 옷가지 하나를 못 가져
가게 한 거여. 달랑 내 몸땡이만 친정으루 데리구 온 거여. 그러구선 광
천 본가 재산은 털구쟁이 하나 남기지 않구 홀딱 처분해서 들구 갔
어. 그 많던 살림살이 싹 가져가구선 낯짝 한 번을 안 내밀어.

그 집서 나 골병드는 거 모르구 소처럼 일만 허구 산 게 몇 해여.
내가 낳은 내 새끼 맘 놓구 젖 못 먹이구 맘 놓구 쓰다듬어 주지 못하
구 한 번 내 품에 안아 재우지 못하며 산 것이 몇 해여. 열여섯 먹어
서 그 집에 들어갔으니께 그렇게 산 게 대체 몇 해여. 그렇게 고생고
생 허구 살았는디 맨몸땡이루 쬐껴난 거여. 아이구 징그러워, 생각허
면 뭐혀.

그때가 내 나이 스물여덟인가 그려. 알몸뗑이루 우리 어머니 혼자 사시는 친정에 돌아온 거지. 재산 한 푼 못 받아 쬦껴 나왔어두 그거 찾아오겠다구 위데 나설 줄이나 알간? 넘부끄러워서 아무것두 못 혀. 다른 수가 없어. 어머니 혼자 사시는 데 와서 친정살이 허는 수밖에. 그러니 큰아버지가 그러셔.

　"얘, 너 내게 와서 어머니하구 함께 살어라."

　어머니하구 나하구 동상들에 우리 아들딸까지 데리구 큰집으루 갔지. 거기서 친정살이 시작한 거여. 그 동네가 심가만 한동네 차지하구 타 성씨들은 변두리서 사는 동네였그든. 온 동네가 다 우리 심씨 일가여. 그렇게 다 아는 처지니께 더 챙피하데. 신랑 죽은 거 말이여. 차라리 남이면 모르구 지냈겠는디, 다 아는 처지니께 보는 이마다 한소리씩 허잖어. 아주 챙피혀, 챙피혀서 얼굴을 못 들구 살었어. 그 당시에는 신랑 죽어서 가슴이 아프구 그런 것두 잘 몰러. 즈이들끼리 신랑 잡아먹은 년이라며 내 흉은 안 허는지 걱정스러운 것이 우선이여. 넘부끄럽기만 허구 아주 고개를 못 들구 살겄어. 속상헌 것두 말로 다 할 수 없지, 속상허구말구. 어머니 역시 마찬가지여. 아주 나 때문에 병나셨어. 자려구 누워 있으믄 들리던 어머니 한숨소리가 지금두 귀에 선혀.

어떻게 손가락만 빨 수 있간

　자식 둘 데리구 친정 와서 뭐 어떻할 껴? 친정은 나 시집가기 전허구 똑같어. 시집에서는 논농사하니께 잔뜩 쌓아 놓구 뭐든 배불리 먹었는디, 친정에는 뭐 좁쌀 한 톨 읎지. 당장 다음 끼니 걱정해야 하는 형편이여. 그르니 넘 앞에 나서기 부끄럽다구 일 년이구 이 년이구 손가락만 빨구 있을 수 있간? 나 혼자 몸이믄 또 그러구 앉아 있었을지 몰러. 근디 어무니, 동생들에다가 자슥새끼까지 둘이나 있으니 벌어야지. 뭘 하든 먹구살 궁리를 혀야지. 내가 악쓰구 독하게 맘먹구 어머니하구 친정서 늙어 죽는다구 결심을 혔어. 부모구 어린 동생들이구 내 새끼들이구 굶겨 죽일 수는 읎으니께. 근디 아무리 생각을 혀봐도 친정 동네에서는 못 하겠어. 신랑 죽은 지 얼마나 됐다구 기운차게 저 모양으루 휘젓구 다니나 손가락질 할 것 같구, 친정 동네에서는 못 살겄어. 내 사정 아는 이 읎는 곳에 가구 싶어. 어머니도 그런 눈치셔. 그럴 테지. 딸자식 과부된 거 아는 이들이 볼 때마다 한마디씩 허는디 속상하셨을 테여. 그 동네에 정이 뜨셨을 테여. 생각허다가 사촌오빠를 찾아갔어. 그 오빠가 나를 참 이뻐했그든.
　"오빠, 나 가가방(가겟방) 하나 얻어 줘."

그 말 한마디 허니께 더 묻지두 않어. 오빠가 보기에두 친정 동네에 계속 두면 나와 어무니 모두 명껏 못 살 것처럼 보였나 벼. 며칠 지나니께 해미 시내에다가 방 둘에 부엌 하나 딸린 거 얻어 주시데. 젊은 것이 혼자되어 불쌍허다구 절논두 얻어 주셨어. 사십 마지기 오십 마지기 그렇게 얻어 주시면서 가을 되면 타작혀라 그러시데. 그거 타작해다 절에 올려 주면 품값 넉넉히 주셨어. 그렇게 도움받어두 먹구사는 것이 힘들지. 입은 많은디 버는 사람은 읎으니께 거참 힘들어. 여동생 둘은 시집갔으니께, 남동생 둘허구 어무니허구 해미 시내 나온 것이그든. 근디 우리 남동생은 그때 나이 꽤 먹었는디 일헐 생각을 안 허데. 그저 내게 와서 손 벌릴 줄이나 알구 노름이나 좋아허지, 힘든 어무니 도울 생각을 안 혀. 그것이 나 서른 먹어서여. 서른 먹어서 친정 동네 나온 거여.

우리 여동생은 시집가서 전라도로 강원도로 사방으로 장사 다녔어. 그러구 장사 다니다가 얘가 우리 사촌동서 하나를 만났네. 둘이 앉아서 이 야기 저 야기허다가 시동생이 어디 사는지 알아낸 거여. 그래 그눔 사는 데를 찾았는디 워째 해미서 살데. 서울루 가지 않구 해미에서 살어. 그때는 옛날이니께 같은 해미서 살어두 전화가 있간, 뭐가 있간? 아무것두 읎으니께 모르구 살은 게여. 우리 동생이 가 보자구 그려. 근디 나는 왜 용기가 안 나, 영 발이 안 떨어지는 게여. 우리 어무니한테 야기허니께 가 보라구, 가 봐여 헌다구 그러시네.

"가서 싸움질하면 그거 참 망신이니께 잘 야기혀라. 너는 미워두 즈이 조카가 어리지 않느냐, 애들 할무니두 살아 계신디 조카들 모른 척하지 않겠지. 그르니 좋게 야기혀라."

그래 거기를 우리 아들 데리구 갔어. 혼자는 가슴 떨려서 못 가겠데. 가니께 작은아버지라는 눔이 한다는 소리가

"나는 그런 조카 읎으니께 얼른 가 봐유." 허는 거여.

드릅지만 워뜧혀, 나 먹구살기 힘들어서 죽게 생겼는디 그냥 올 수 있간? 손에 가진 거 하나 읎어서 굶어 죽게 생겼는디 그냥 올 수 있냔 말이여. 시동생 붙들구 울구불구 별 야단 다 혔어. 우리 시어무니는 어디 숨었는지 다른 곳에 사시는지 그것은 모르겄는디, 그날은 보이지 않으시데. 시동생만 딸랑 있는디 아주 붙들구 난리를 피웠어.

"더 달라구 안 헐 테니께 형수 방이나 한 칸 얻어 줘."

"얼른 가라구 혔잖아유. 자꾸 이러면 지서루 가는 수밖에 없어유."

꼭 미친 것마냥 지랄을 했더니 지서루 가자 그러네. 그 소리 들어두 겁두 안 나. 먹살 잡구 소리소리 지르구 울구불구 한참을 그러니께, 이제 우리 아들두 옆에 서서 앵앵 울구 아주 정신 빠지지. 그러니 시동생이 나를 붙들구 강제루 앉히데. 우리 아들은 아주 어릴 땐디 얌전하던 즈 어매가 하도 지랄을 하니께 놀란 게여. 까빡까빡 딸꾹질 허더니 잠들어. 그래 걔 옆에다 재워 놓구 시동생이랑 얘기혔어.

"줄 것두 읎써유. 어무니가 다 가져가구 지한텐 아무것두 읎으니께 어무니한테 가서 얘기해 봐유."

"그럼 어무니 어디 계신지 말해 줘유."

대답을 안 허네. 그 집 어디 숨어 계신 것이 분명헌디 찾을 재간이 있간? 어디 꽁꽁 숨겼을 텐디. 환장하겠는디 그냥 왔어. 잠든 아이 꿍쳐 업구 그냥 돌아왔다구. 집에 와서 얼만큼 있으니께 나참, 수수 한 말 허구 고추, 고추는 지금으루 허면 그것이 한 서너 말 값 될 꺼

70

여. 그것을 자루에다 넣어서 먹으라구 보냈데. 그 많은 재산 다 털어가구 수수 한 말, 고추 그릏게 보낸 거여.

그러니 우리 아들딸들은 즈이 애비 털구쟁이 하나 구경 못 허며 컸어. 애비 것이라고는 만져 본 것이 읎어. 작은아버지라는 작자가 쬐깐한 거 하나 남기지 않구 홀딱 다 챙겨 들구 갔으니께. 나두 아이들 키우면서 도와달라는 소리 더는 하지 않았구.

아주 발 끊구 살다가 우리 아들 장가들 적에 참 그래두 친가에서 누가 와야 넘들 보기에 좋을 테니께 연락을 혔어. 그때는 전화가 읎으니께 시동생헌테 편지를 혔지. 편지 혔드니 작은어매 자리가 왔데. 아주 금방 왔어. 오면서 옥양목, 배급 나오는 옥양목 들구 왔데. 일본 정치 때는 광목이나 그런 것을 돈 주구 살 수 읎었그든. 다 배급받아야지 그거 돈 주구 살 수 있는 것이 아니었어, 그러니 귀허지. 그 옥양목을 두루마기 한량 되게 갖구 왔데. 나는 벌써 아들 혼인날 받아 놓구 명주 만들어 놨그든. 내가 직접 명주 짜서, 오리알마냥 파르스름허게 물들여서 두루마기 만들어 놨댔어. 근디 미우나 고우나 친가에서 들구 온 것이 좋지 싶어서 즈이 작은어매가 가져온 옥양목, 그것으루 두루마기 만들어 입혔어. 작은아배 자리는 끝끝내 나타나지 않어. 애들 아배 세상 뜨구 없으니께 작은아배라두 오믄 보기 좋았을 텐데 끝끝내 안 와.

혼인 마치구 우리 아들헌테 그렸어.

"너 작은아배헌테 인사가라. 옥양목두 보내셨는디 인사가야 하지 않겄냐?"

"안 가유. 지가 거기를 왜 가유."

아주 미워했그든. 우리 한 번 도와주지 않았다구 즈이 작은아배라면 이를 갈았어, 걔가. 그르니 안 간다구 헐 테지. 헐 수 없지, 내가 며느리 데리구 찾아갔어. 가 보니께 아주 나 쓰던 거 전부 다 있데. 내가 광천 시집서 쓰던 물건들 말이여, 그것들이 다 게 가 있더라구. 당최 멍석이니 평상이니 수저 하나까지 죄 내가 쓰던 것들이여. 며늘 아이 인사시키구서 앉아 있으니께 실과 꺼내 오데. 그거 먹는디 대자리를 척척 쌓아 놨어. 하나가 아니구 아주 몇 갠디 그것을 곳간 앞에 쌓아 놨단 말이여. 가만 보니께 그것두 죄 내가 쓰던 것들이네. 그거 몇 푼 하지두 않잖어. 팔아먹는다구 재산되는 물건은 아니란 말이여. 그른데두 내가 쓰던 것들이구 신랑 살아생전에 쓰던 것들이니께 욕심이 나데. 아이들헌테 즈이 아배 손때 묻은 거 하나는 남겨 줘야지 싶어. 그래 말을 끄냈어.

"저기 있는 대자리 우리 인찬이 하나 줬음 싶네유."

잠시 생각두 안 혀. 내 입에서 그 말 떨어지기가 무서워.

"못 줘유. 인찬이는 지사두 못 맡는디 대자리를 워째 인찬이 주라구 혀유. 그것은 우리 큰조카 줘야 혀유."

내가 키운 작은마누라 아이, 걔가 장손이니께 제사를 맡았을 꺼 아녀. 그러니께 제사 맡은 아이 줘야지, 제사두 안 맡은 우리 아들헌테는 못 준다는 게여. 아주 기가 맥히지. 그것이 어디 사람이간?

"인찬이는 내 조카가 아니구먼유. 그러니 해미 형수헌테는 아무것도 못 줘유. 그릏지만 큰조카는 장손이니께 한재산 나눠 줬네유."

분명 그 소리했다구, 시동생이. 큰아이, 내가 낳지는 않았지만서두 친정으루 쬐껴 오기 전까지는 내 손으루 키웠으니께 어찌 사는지 궁

금허잖어. 시동생 말처럼 한재산 받아서 잘사는지두 궁금허구. 찾아
가 봤어. 거참 무슨 일이여. 작은마누라가 낳은 아이가 아들 하나, 딸
하나 그랬는디, 딸아이는 싫다구 울구불구허는 걸 억지루 띠어서 아
주 천하게 거렁뱅이 같은 놈헌테 시집보냈대. 가난해 빠진 집안에 시
집보낸 거여. 그리구 큰아이, 시동생이 집안의 장손이라구 위하는 그
아이는 한재산 물려주긴 뭘 물려줘. 손바닥만한 셋방에서 살구 있어
글쎄. 천석꾼헌테 양자 가서 이십 년을 왕래두 안 허던 눔이 갑자기
와서, 고래등 같은 집 다 털어 가구 장손헌테 손바닥만한 셋방 하나
얻어 줬으니 그것이 사람이여? 가만 보니께 아이가 아주 행색이 후
져. 힘들게 사는구나 싶어. 장가들어서 딸 하나 낳았다구 옆에 눕혀
놨데.

"어뜧게 된 거냐, 너 왜 이룽 허구 사냐?"

"작은아배가 하나두 안 줬구먼유. 작은아배가 다 가져가구 다 읎애
치우구 지한테는 아무것두 없어유."

시동생인지 웬순지 그눔이 지가 다 챙기구 애헌테는 셋방 한 칸 얻
어 준 거여. 우리 아들은 어매라두 있지. 걔는 어매, 아배 다 죽구 혼
자서 그렇게 고생하구 사는 거여. 내가 낳은 자슥은 아니지만 엄마,
엄마 허며 걔가 나를 잘 따랐어. 그르니 나두 참 이뻐혔구. 그르구 고
생허는 거 보니께 아주 맴이 안 좋데.

시집이 아무리 부자였으믄 그것이 다 무슨 소용이여. 부리는 종들
많구, 땅 많은 부자였으면 그거 뭐혀? 호적상루 넘의 집 아들된 눔
이 다 털어가구 그 집 자손들, 큰아이, 우리 아이헌테는 털구쟁이 하
나 안 줬는디. 즈그 형수, 조카 힘들게 사는 거 알면서두 그거 한 푼

나눠 주지 않구 악허게 산 거여.

　큰애까지 그러구 사는 거 보니께 을매나 부아가 나. 당장 시동생헌
테 갔어. 추접하게 뭐 달라 그러구 싶지두 않구 아주 그냥 한바탕 싸
우구 왔어. 속에 있던 말 다 하구 한바탕 하구 왔다구. 그날부터 아주
발 딱 끊었어. 밉지만 그동안은 아이들, 우리 아들딸 말이여. 걔들 생
각혀서 원수처럼 지내지는 않았는디 그날 아주 연 끊은 거여. 아이구
그거 말루 어찌 할 것이여.

해방되구 나니께 좋지. 내 것 뺏어가는 넘 없으니께

시동생은 쌀 한 톨 못 준다구 버티구, 친정집은 본래 가난해 빠졌구 남동상은 성실허지 못허구 그러니께 나허구 어무니가 고생혔어. 그저 무엇을 혀두 어무니허구 나허구 둘이서만 하는 거여.

땅이 읎으니께 농사는 못 짓구, 장사를 하믄 될 것 같데. 땅이 있다한들 남정네가 읎으니께 농사 못 허지. 농사는 맨 힘쓸 일 천지잖어. 우리 남동생은 게을러 빠져서 그른 거 못 헌다구 버티니께 농사 못허지. 생각허다 허다 하꼬방, 구멍가게를 혔어. 지금처럼 과자, 사탕 그런 것이 많지 않을 때니께 가가방 조그마하게 차려 놔도 읎는 거 읎이 다 진열할 수 있그든. 그리구 시골 가가방은 뭣보다 아저씨들이 막걸리, 담배 사러 많이들 오지. 막걸리 한 통에 삼십 원, 그때는 삼십 원이면 큰돈이여. 막걸리 팔면 돈벌이 좋다구.

어무니랑 장사를 같이 혔는디 아주 호랭이셔. 근력두 세시구 사나워서 술장사 해두 손님한테 한 잔 따라 주구 그런 것두 읎으시구. 또 나더러두 못 하게 혀. 뒷술(한 되가량의 술)두 저기 안에서 퍼 줘, 손님들이 안 보이는 데서. 또 손님들이 자기네가 직접 퍼먹기두 허구. 한 사발이다 두 사발이다 하면 바탱이(오지그릇에 하나)에다 제 손으로

75

떠먹으라 그러는 거여. 뒷술 달라 그러면 한 바가지 떠먹으라 그러구. 술 팔믄서 그릏게 장사를 혔으니 나는 아직두 넘한테 술 따른 적이 읎어. 술 따르는 법두 몰러.

술을 파니께 안주가 있어야 하잖어. 맨 김치만 내놓기두 미안허구 또 안주두 팔면 돈이그든. 생각해 보니께 두부 장사를 허면 될 것 같애. 안주루 내놔두 되구 반찬으루 팔아도 되니께. 우리 어무니가 손맛이 좋으셔서 음식을 아주 잘 만드셨그든. 만들어 팔믄 그거 장사될 것 같데. 두부 장사는 밤새 콩 갈어서 새벽 되면 푸욱 끓여. 그것을 널판에다가 펴 놓으면 아침께는 두부가 되그든. 그럼 두부는 내다 팔구 비지루다가는 밥 해 먹구, 가루는 곱게 갈어서 쪄 먹구 그렸지. 맛좋다구 인기였어, 동네에서는. 종종 떡두 갖다 났댔어. 근디 두부 장사두 그릏구 떡 장사두 그릏구 우리 어무니나 나나 원체 숫기가 읎어 놔서 넘 앞에 나서서 뭐 팔구 그런 걸 못 혔어. 다른 이들은 길에 나서서 이거 좀 사 가라구, 즈이들 물건 뵈 주며 부추기는디 어무니랑 나랑은 그런 것은 못 하겄어. 아주 부끄러워. 그러니 넘들 하듯 직접 나앉어서 팔지는 못허구 가가방 문 앞에다가 나무판자 하나 갖다 놓구 그 위에다 떡이구 두부구 쭈욱 진열해 놔. 그러면 이제 지나가는 이들이 보구선 하나씩 집어 들구 돈 주구 가구 그랬지. 장날 같은 때는 사람들이 많잖어. 그런 날은 두부도 좀 많이 만들어 놓구 떡두 좀 많이 해 놔. 그런 날은 많이 해 놔두 다 팔리니께. 그래두 먹구살 만은 혔어. 나서서 파는 이들 못지않게 장사는 잘 됐어.

옆집에 서태기라는 일본 사람이 있었그든. 왜놈이 반찬두 조선 사람마냥 먹어. 된장, 김치 맨 그런 것만 먹어. 그놈이 우리 어무니가 하신 두부가 입에 맞았던 모냥이여. 하루는 게다짝 끌구 들어오더니 즈이집 반찬을 해 달래. 돈은 넉넉히 주겠다는 겨. 그래 그 사람 반찬 해 주구 된장, 김치, 두부, 젓갈 그런 것 해 줬어. 또 내가 바느질 솜씨 좋았그든. 그러니께 빨래두 해 주구 데림질하구 바느질두 해 주구. 그것두 돈벌이가 꽤 됐어. 그 사람이 왜놈이라 놈자 붙이긴 허지만 인심은 좋았어. 품삯두 부족허지 않게 주구 반찬두 우리 식구 먹을 거는 남겨 놓으라 그러구, 사람은 괜찮았어. 아주 괜찮은 일자리였는디 금방 해방돼 버리데. 그르니 그 사람은 일본루 도망간 게여. 해방되구부터는 안 보이데.

8·15 해방되구서 논 장만헌 이들이 많어. 토지분배헌다구 나라에서 죄 관리허데. 일정 때 땅부자들은 제 손으루 농사 안 허구 넘들한테 도지 팔았그든. 그니께 돈 받구 일년 동안 땅을 빌려주는 거여. 빌린 이들은 가서 일년 농사허는 거구. 근디 해방되구서 땅 빌려서 농사허던 이들헌테 아주 줘 버렸어. 돈 주구 일년 빌린 땅을 아주 줘 버렸다구. 본 주인들은 땅 뺏긴 거지. 그냥 뺏어 가믄 땅주인들이 가만있지 않을 테여. 그르니께 땅 분배받은 이들은 일년 농사 끝나믄 나라에다 돈 갖다 바쳐야 혀. 그르믄 나라에서 본래 땅주인들헌테 돈 나눠 주구 그렇게 혔어. 논 읎던 이들이 그때 논 장만 많이 혔지. 지금은 어떤지 모르겠는디 그때는 논 한 마지기믄 쌀 두 말, 서 말 나오그든. 그것만 가져두 큰 부자여, 먹구사는 걱정은 안 혀도 되니께. 나는 논 빌려 놓은 것이 없으니께 그때 논 못 받었어. 그르니 그저 넘의 집에 가서 타작이나 해 주구. 어린 자슥허구 늙은 부모허구 먹구살 길

이 없으니께 별 지럴을 다 혔어.

그래도 해방되니께 좋지 그럼, 을매나 좋어. 내가 크게 한자리허는 사람도 아니고 독립운동혔던 사람도 아니께 해방되어도 살기 힘든 것은 매한가지여. 먹구사는 것은 일정 때나 한가지루 어렵지만 맘대로 헐 수는 있으니께 좋데. 뭐든 맘대로 헐 수 있고 내 것 뺏어 가는 넘 읎으니께 그것 참 좋어.

해방되구 즉시는 계속 베 짰어. 누에두 치구 번데기 주워 먹구 또 번데기 삶은 물루 머리 감구 그렸지. 번데기 삶은 물에 머리를 감으믄 머리카락이 빠지지 않는다구 허데. 몰러, 그것이 바른말인지는 모르겄는디 우리 때는 번데기 삶은 물에 머리 감는 이들 많었어.

또 명주두 팔구 바지저고리두 만들어 팔었지. 명주루 바지 만들어서 팔믄 아주 잘 팔렸어. 그룽 허구 살다가 담배 팔기 시작혔지. 그 때 담배가 구두표, 비둘기표…… 그것밖에 기억이 안 나네. 그것밖에 모르겄어. 그때두 이름 같은 거 모르구 팔았다니께. 글을 알어야 이름을 알지. 담배가 열여섯 가지였는디, 물건 받을 때 싼 거부터 비싼 거까지 순서를 물어 둬. 그것만 잘 기억혔다가 싼 순서대루 진열하는 거여. 삼백 원, 육백 원, 칠백 원, 팔백 원, 천 원 그릏게 순서대루 쭈욱 진열해 놓구 팔었어. 한 줄루 차곡차곡 진열해 두면 사러 오는 사람두 알어서 돈 주구 가. 외상 있잖은가? 가가방 하다 보믄 주기 싫어두 외상 줄 수밖에 읎그든. 동네 분들이니께 야박허게 외상 안 주믄 단골 끊긴단 말이여. 그르니께 외상 주구, 적어 두는 거여. 테레비에서 봤지? 내가 글을 모르니께 그른 식으루 적어 두는

거여. 나만 알아볼 수 있게. 글을 아는 이들헌테는 즈이들더러 적어
놓으라구 그러지. 그르니 나 담배 팔 때 우리 집은 이런 데, 벽이며
달력이며 죄다 그림이여 그냥. 온 집이 다 외상 장부인 게여.

부끄러운 게 뭐 있간, 입에 풀칠하기도 힘든디

그르구 이제 인간이라는 것이 극단에 오르믄 넘부끄러운 것이구 뭣이구 읎어. 입에 풀칠하기 힘든디 넘부끄러운 것이 뭔지나 알간? 자식들은 나처럼 만들기 싫으니께, 아이들 공부는 시키구 싶은디 돈이 있나? 친정은 가난해 빠졌구 시집 재산은 시동생이 다 들구 갔구. 어무니는 늙으셨으니께 함께 돈 벌러 가자구 헐 수두 없어. 그릏게 되니께 부끄러운거 몰러. 그때부터 이제 밥 장사부터 시작해서 장사라는 건 다 혀 봤어.

새우젓 장사, 새치 장사두 혔어. 군산 가면 해미보다 젓국 값이 싸그든. 그니께 군산 한 번씩 가믄 큰 도람(드럼통)으루 하나 받아 와서 팔었지. 새우젓국 파는 이들 많어두 나는 넘들보다 항상 많이 담아 주니께 장사 잘 됐어. 한 도람 받아 오믄 다른 이들은 열다섯 곽 만들어서 파는디 나는 열두 곽 만드니께 다른 이들보다 내가 많이 주는 것이지.

한번은 양재기를 하나 사서 머리에 이구 다니믄서 새우젓 장사를 혔그든. 근디 밑이 빠진 거여, 길바닥에서. 양재기, 세숫대야 같은 거 있지? 아주 밑구녕이 쏙 빠진 거여. 그러니 워땠어? 길거리 한복판

80

에서 새우젓을 머리에 뒤집어쓴 거여. 워매, 넘이 보고 웃지 냄새는 풀풀 나지, 아주 부끄러워 죽어. 생각혀 봐. 머리끄댕이에 새우는 더덕더덕 붙어 있구 얼굴루 목으루 옷으루 젓국은 줄줄 흘러내리구. 아이구 지금 생각혀두 넘부끄러워. 그래 이제 밑이 질질 새는 걸 서산 가서 땜장이한테 밑을 박었어. 그것을 버리지 않구 땜질해서 다시 장사헌 거여. 그 양재기 지금두 저기 벽에 걸어 놨잖어. 아주 내가 우리 애들 보라구 버리지 않구 저기다 걸어 놓은 거여. 보는 사람들마다 물어 쌓지.

"할머니 이것이 뭐래유? 뭘 여기다 이런 것을 걸어 놨대?"

그래 이래저래 해서 걸어 놨다 그르믄 아주 우스워 죽는다 그려 사람들이. 아이구 참 말이 그릏지, 말이 쉬워 웃는 거여. 이제는 그저 지나간 얘기니께 웃으면서 하는 거지. 생각혀 보믄 그 얼매나 고생이여. 고생고생 그런 고생이 읎었어.

새우젓 장사는 꽤 오래했네. 일정 때 시작헌 것을 우리 손주 키우구 살 때두 혔으니께. 젓갈 장사라는 것이 일년 내내 허는 것은 아니잖어. 김장할 때, 젓갈 한창 나올 때만 허는 것이니께 다른 장사하면서도 젓갈 장사는 사이사이 계속한 것이지.

젓갈 장사뿐이 아니여. 밤에는 잠 안 자구 베 짜구, 물레 돌려 감아서 소락지라구 있어. 그때는 다라가 읎으니께 소락지 썼그든. 그니께 지금으루 이르면 세숫대야 같은 건디, 그 소락지에다가 명주를 삶았어. 명주에 색 입힐 때, 이쁘게 물들일 때 소락지에 넣구 삶았다구. 아이구 그런 것까정 얘기하려면 해 바뀔 때까정 얘기혀도 다 못 혀.

농사철에는 품삯 다녔그든. 기운 좋을 때니께 일은 그럭저럭 허겠

81

는디 그눔에 거머리가 으찌 무서븐지. 다리를 막 파먹으니께 피가 그냥 철철철 떨어지지. 줄줄줄 쏟아져. 워뚱게나 무섭든지. 근디 얼마만큼 지나니께 거머리 붙어두 그냥 뚝 떼 내구 그릏게 되더만. 그릏게 하루 종일 넘의 집 일해 주면 밥 먹여 주구 두 냥 줘. 쌀 한 말에 엿 냥이었으니께 사흘 가야 엿 냥. 세 번 가야 쌀 한 말 사는 거여.

그때 소 한 마리 값이 삼백 원이었어. 소 값을 워째 기억하냐믄 키워서 팔아먹을 생각으루 갓난 송아지 한 마리 산 적이 있그든. 그때 소 키워 봤지. 소 사서 넘 줘 본 적두 있어. 우선 소 줄 때 돈은 조금만 받어. 그러믄 그이들이 즈이 돈으루 먹이 사서 먹이구 그르잖아. 그러다가 그 소가 새끼 낳으면 내가 데려오는 것이지. 그릏게 혀두 나헌테 손해는 읎으니께. 소가 새끼를 많이 낳으니께 그 새끼 가져오믄 나는 이익이지. 근디 소 사서 넘 주는 것두 재수읎으면 안 되는 거여. 이 동네 와서 동네 사람 둘헌테 소 사 줘 봤는디 두 마리 다 뒈지데? 집이랑 안 맞으면 그릏게 뒈지나 벼. 소는 새끼 한 번 낳으면 열두 마리 열한 마리 그릏게 낳그든. 그릏게 새끼 낳으믄 가져와야겄다 허구 줬드니 그걸 못 키우구 잡는 거여. 또 한번은 장마에 새끼를 낳았네? 그러니 워째? 집채만헌 큰 황소두 장마 오면 다 뒈지는디 새끼들이야 맥두 못 쓰구 뒈지지. 그때 아주 쫄딱 망혔네.

사십 먹어서는 인천까지 가서 장사혔어. 버스는 비싸다구 여간 사람이 못 타니께 배 타구 인천까지 가서 장사혔지. 어무니가 아이들 돌봐 주면 난 인천으루 가는 거여. 여기 해미서 나는 것들, 인천에는 읎는 것들 해 가지구 가서 팔믄 잘 팔릴 줄 알었지. 근디 가 보니께 인천두 해미 같은 바닷가여, 해미서 가져간 것들이 인천에두 있어.

그르니 처음에는 큰 재미 못 보구 다음부터는 별거 별거 물건 다 해 갖구 갔어. 시시한 잔챙이 물건들이 보기에는 우스워두 팔아 보면 돈 되그든. 그른 거 팔러 다닐 때는 재미 좋았어. 아숩지 않을 만큼 돈이 들어오니께.

근디 나는 글두 모르구 어리숙하니께 사기를 많이 당혔어. 고향에 서는 하꼬방에 젓국 장사에 별짓 다 해두 아는 처지니께 나를 사기 칠 사람은 읎지. 근디 인천은 타지잖어. 참 나쁜 놈들 많어. 오십 넘 어서 그런 거 같어. 아들이랑 어무니랑 함께 살 때여. 하루는 곡식 잔 뜩 사구 다른 물건들두 한 짐 가득해서 짊어지구 인천 가는 배 타러 갔어. 짐이 무거우니께 힘들지, 그래 가만 앉어서 한숨 돌리구 있는 디 어떤 놈이 오드니 그러네.

"아줌니 오늘 배 안 떠나유. 내일 아침 돼야 배 뜨네유."

"아이구 그려유? 그름 이거 워쩐대유. 짐은 잔뜩 들구 왔는디."

"짐은 지가 봐 줄 테니까 집에 가서 주무시구 와유. 뭐가 이렇게 많 대유."

"아이구 그러시겠어유? 그럼 고맙지유."

그래 짐만 실어 놓구 집에 와서 잤어. 많은 짐 다시 들구 집에 왔다 가 또 내일 아침에 다시 들구 배 타러 가구, 힘들어서 그거 워뚷게 혀. 그르니 짐 게다 두구 내 몸땡이만 집으루 오믄 편허잖어. 그때 우 리 아들이 몸이 아팠그든. 걔 병간허며 자구 아침 일쩍 배 타러 나갈 생각이었지. 군불 지피구 아랫목에 아들 눕히구 수건 빨래하구 있는 디 어무니가 마실 가셨다 급히 오셔서 그러는 거여.

"너 정말 배가 내일 아침에 뜬대냐?"

"그릏다네유. 뭔 남자가 그릏게 말허던걸유."

"무슨 일이래냐. 장씨가 보니께 배가 떠나드랜다."

동네 사람이 보니께 배가 떠나더라는 거여. 이를 워째. 그거 한 짐 가득 허느라 돈두 많이 썼는디 홀딱 날리믄 그 일을 워째. 으떻게 인천 항구 쪽에 연락을 혔어. 거그 배 탄 사람들헌테 부탁혀서 물건 좀 챙겨 달라구. 그릏게 연락 넣어 놓구 집에서 기다리구 앉아 있었지. 인천으루 물건 찾으러 나갈 재간이 없으니께. 그르구 있다가 배가 해미항으루 들어오는 시간에 맞춰서 나갔어. 그때까지 기다리는 내내, 가는 내내 애가 바짝 타지 아주. 아이구 애가 타니 워쩔 겨. 그릏게나 부탁을 혔는디 나가 보니 하나도 안 남구 쫄딱 다 읽어졌데. 사기꾼 눔이 가만 보니께 아주매 하나가 맹해 보이그든. 그르니께 거짓뿌렁헌 거여. 좋은 물건 많았는디 그눔이 다 팔아먹었을 테지.

저는 왜 이렇게 밥을 빨리 먹는대유

내가 장사 다니느라 여기저기 다니긴 혔어두 어디 구경은 하나 못 해 봤어. 그냥 장사만 허지 눈 돌려서 이리저리 구경하구 그럴 줄을 몰랐어. 촌이라 사방에 절 많두두 난 사촌오빠 계시던 절에만 가 봤지, 다른 절에는 안 가 봤어. 오빠가 주지였그든. 그 절에두 뭐 놀러 나 갔남? 명주, 베 짜 주러 간 거지. 내가 친정 쬐껴 와서 베 짜 드렸다구 가믄 오빠가 보시기에는 안쓰러워 보였는가 벼. 뭘 하나라두 더 먹이려 그르셨어. 절 밥은 참 맛있어. 우리 오빠는 중이라두 가족이 있었그든. 지금두 그런 중들이 있어. 중이라구 다 혼인 안 허는 것은 아니여. 대신 식구들이 절에서 살지는 안 허지. 절 밑에다 살림집 지어 놓구 살았다구. 오빠네 식구는 다섯 식구, 내가 가믄 여섯이지. 둥그런 상 펴 놓구 다같이 앉아서 밥을 먹는디, 밥그릇이 밑에는 좁구 위는 딱 벌어졌그든. 오라범댁이 그 그릇에 탈탈 털어서 밥을 퍼 줘. 그러믄 나는 찬찬히 먹어두 얼른 들어가. 밥그릇이 금방 비는 거여. 다 먹구 요롷게 살펴보면 다른 이들은 반두 안 먹었단 말이여. 다 같이 먹는디 나만 빨리 먹어 읋애니께 얼매나 넘부끄럽었어. 그래 실실 웃으믄 오빠가 물으시지.

"너 왜 웃니?"

"저는 왜 이렇게 밥을 얼른 먹어 옰앤대유?"

"너 밥 적으냐? 더 먹어라. 너 밥이 적은 게다."

나는 아주 넘부끄러워 죽지, 어린 조카들은 웃구 앉았구. 참 그를 때 오라범댁이 냉큼 한 그릇 더 퍼 주믄 고마울 텐디, 그이는 더 먹으라는 소리 안 혀. 거기는 절이께 맨 먹을 거 많그든. 절에 제사 지내러 오는 이들 많잖어. 그이들이 제사 지내구 음식들을 죄 두구 가. 그거 싸 들구 가지 않는단 말이여. 그르니 오빠 집은 좋은 음식들 쌓아 놓구 먹었다구. 그렇게 먹을 거 많어두 오라범댁은 되알져. 배고픈 사람 심정을 몰러. 나 같으믄 이것저것 챙겨 주믄서 작은아기씨 먹으라구 그럴 텐디 생전에 아기씨 뭐 먹어 보라는 소리 안 하데.

오빠 집에 가서 베를 짜는디, 베 짜구 앉어 있으믄 뭘 먹어두 금방 배가 고퍼. 금방 쑥 내려가께. 배고프믄 베틀에 딸려 올라가. 내가 뚱뚱허지 않으께 베 짜다가 기운 빠지믄 몸뎅이가 베틀에 딸려서 막 올라가는 거여. 그 오빠댁은 내가 그렇게 배고플 때까지 뭐 먹으라 소리 먼저 할 줄을 몰랐어.

집에 와서 가가방하구 있는디 오빠헌테 연락이 왔어. 또 즈이 집에 와서 베 짜달라 그러데. 내가 어무니한테 그렸어.

"어무니, 난 오빠가 절에 와서 베 짜 달라 그러면 못 가. 난 배고파서 베 못 짜."

그른데 어무니가 오빠한테 그 얘기를 하신 거여.

"느이들 밥 반 먹으믄 지는 다 먹어지구, 그렇게 먹어두 베틀에 올라가믄 배고프댄다. 그려서 이제 베 짜러 안 간다는디 워쩌냐."

그 소리를 허셨어. 그 소리 하시는 거 내가 들었으면 더 부끄러울 꺼 아녀. 아주 오빠 집에는 더 못 가지. 그르니께 어머니가 나 안 듣는 데서 그 소리를 하신 거여. 내가 안 간다는디 자꾸 가라구 허시데.

"오빠가 오라는디 안 가믄 그거 쓰겠냐? 얼른 가서 해 드리구 오니라."

자꾸 그러시니께 또 갔어. 나 살던 데서 그 절까지 걸어서 사십 리여. 산골길 사십 리를 걸어서 가는 거여. 그래 절 밑에 살림집에 갔더니 이번엔 아주 들어가 앉자마자 밥을 주네. 그 집 식구들은 밥그릇에 사박하게 담아 주는디 난 밥이 아주 쑥 올라오게 많이 퍼서 줘. 아이구 그것을 보니께 아주 얼굴이 울그락불그락해져. 배고프니께 안 먹을 수는 읎구. 워뚱혀? 그냥 다 먹었어. 먹었더니 웬일이여?

"아기씨 더 드세유."

더 먹으라구 퍼 주는 거여. 생전 그런 소리 헐 줄을 모르든 오라범댁이 밥 더 먹으라구 그 소리 허는 거여. 그래 더 먹었어. 그릏게 실컷 먹구 한숨 잤어. 그러구선 새벽부터 나가서 일하는디 오빠댁이 누룽개두 갖다 주구 식혜두 갖다 주구 아주 그릏게 갖다 주더라구. 오빠가 시켰을 테지. 그릏게 실컷 먹구 일해 주구 오는디 오라범댁이 뭘 들구선 따라 나와.

"아기씨 이거 작은어무니 갖다 드리세유."

그전에는 내가 일해 줘두 나 오는 길에 작은어머니 드리라구 뭐 하나 싸 주구 그런 거 몰렀그든. 쌓아 두구 먹는 거 그릏게나 많아두 뭐 싸 주는 법이 읎었어. 조금 싸 주믄 서운하지 않을 텐디 안 주더라구. 남 주구 그러는 걸 몰러, 그저 자기들만 먹구살 줄 알지. 그른데 그날

88

은 뭘 싸 주네? 아, 월매나 좋아. 실과, 과질(과줄의 방언), 떡 그런 거 싸 주더라구. 사십 리 산길을 힘든 줄두 모르고 신나게 와서 어머니 드렸어. 동생들허구 우리 애들두 멕이구. 그랬드니 어무니가 그 소리 허시는 거여.

"야, 내가 너 배고프다구 했드니 이릏게 싸서 보냈나 보다."

실수 하들 말구 살아, 정신 똑바루 채리구

장사를 몇 년 하니께 돈이 꽤 모였어. 우리 식구 함께 살 작은 집한 채는 샀어. 사촌오빠가 사 준 집은 좁아. 처음에는 살 만혔는디살다 보니 아이들이 자라잖어. 동상 장가갈 때 됐지, 우리 아들 하루가 다르게 자라지. 그러니께 영 집이 좁은 거 같어. 어무니랑 며칠을 돌아다니며 집을 봤어. 어떻게 그렇게 딱 맞는지 가즌 돈이랑 꼭 맞는집이 있는디 빨리 계약을 하라 그려. 파는 이들이 돈이 급하니께 빨리 사야 헌데. 집을 사려면 증인이 있어야 혔그든. 근디 증인을 누가서 주남? 증인 같은 것은 여간해서는 서 주지 않잖어. 절때루 증인은서 주는 법이 아닌 줄 안단 말이여. 증인 서 주면 함께 망한다구 생각들 허니께. 다른 이들두 그렇게 생각헐 테지. 나 집 사는 데 세울 증인이 읎어. 그렇게 그 집 임자의 형이 내 증인으루 서 주데. 즈이들이빨리 돈이 필요하니께 급한 데루 서 준 모냥이여. 그 사람 증인으루세우구 도장 찍었어. 이제 내 집이여. 심간난이 집이여. 글은 모르지만서두 아주 기분이 후련허데. 마음이 매우 흐뭇혀. 방 세 칸에 부엌하나 딸리구 백오십 원 하는 집이었어. 어머니, 남동상, 나, 우리 아들딸, 그렇게 다섯이 모두 그 집으루 이사 가서 살았어.

그런데 어느 날 통지가 날라왔어. 나는 글을 모르니께 그냥 저기다 집어던져 놨는디 우리 동상이 보구 깜짝 놀라. 그것이 아무개가 이 집으로 이사를 온다는 통지라는 거여. 뭔 일이래? 내가 여그 사는디 누가 이사를 온다는 거여. 다리가 휘청혀.

그때는 여자는 바지 못 입구 치마만 입었그든. 치마 허리춤에 집문서를 넣어서 꿰매고 궤짝에다 넣어 놨댔어. 금고 그런 것이 읎으니께 옷이며 중요한 거며 느티나무 궤에다가 넣구 살았그든. 집문서는 그 중 가장 잘 보관헌다구 치마 허리춤에 넣어 꿰매기까지 혀서 궤에다 보관한 거여. 아 근디 궤문을 잠그지 않구 닫아만 뒀단 말이여. 열쇠가 귀하구 또 잠그지 않아두 도둑이 읎으니께 꽁꽁 잠그구 그런 거 모르구 살았는디 사단이 벌어진 거여. 누가 집문서를 훔쳐 간 게여. 기분이 딱 그렇게 들어. 아 궤짝을 떡 하니 열어 보니 아니나 달러? 집문서가 읎어. 도대체 그 안에 문서가 있는지 워떻게 알구 그걸 훔쳐 갔는지 심장이 미친 것처럼 뛰어. 필시 우리 집 사정을 잘 아는 사람일 테지.

워떻혀? 내 돈 주구 내가 산 집인디 찾어야지. 사람들이 지서에 가니께 재판해야 한다 그려. 재판 안 허면 뺏기니께 재판해야 헌다는 겨. 글두 모르는 내가 재판이 뭣인지나 알간? 몰러, 난 아무것두 몰렀다구. 내가 나무 장사허는 사람이랑 가까웠그든? 장작 만들어서 파는 사람이었는디 난 글을 모르니께, 그 사람 앞에 세우구 서산읍에 갔어. 재판하는 서류 써서 들이밀었네. 내가 그놈들헌테 재판을 걸어 넣은 거지. 며칠 지나니께 재판소에서 나를 부르데? 아, 가니께 과연 그 집은 심간난이 명의루 되었더란 말이지. 집터 백오십 평에 방 셋

있는 집이었는디 내 집으루 돼 있다 그려. 내가 이겼지. 당연한 거여.

근디 이놈이 또 재판을 걸어 넣었어. 또 오라 그러데? 며칠 있다 또 갔지. 그른데 이번에는 뭐가 으뚱게 되서 그런가 심간난이 집이 아니여. 내가 진 거여. 왜 졌냐 허믄 내 손에 집문서가 읎잖은가. 그놈들이 집문서를 갖구 있으니게 그놈들이 이긴 게여. 나무 장사허는 사람이 그 집문서를 봤는디 거기 내 이름이 읎드랴. 문서에 내 이름이 읎구 그놈 이름이 있더라는 거여. 그놈들이 문서 훔쳐 가서 뭘 워뚱게 한 모양이여, 즈이들 이름으루 고친 게여.

그룿다구 그냥 뺏겨? 안 되지. 이번에는 내가 불복헌다구 다시 하자 그렸어. 법원 서기가 서류 만들어 줘서 그걸루다가 상소혔지. 또 재판 걸은 거여. 이번에는 그 녀석이 졌어. 분명 내가 샀다는 증인이 있그든. 전 주인 형이 증인 서 줬다 그렸지? 그러니 그 증인을 불러 세웠는디 저쪽은 증인이 읎는 거여. 그러구 헌다는 말이 증인이 읎어두 즈들이 봤다는 겨. 나는 증인만 하나 나오구 가족은 읎이 혼자 갔는디 그눔들은 아주 한패 몰려와서 그릏게 우겨. 우기건 어쩌건 이번에 또 내가 이겼어.

이겼는디 이놈들이 또 불복, 재판 또 했지? 내가 또 이겼어. 한 번만 지구 내가 계속 이긴 거여. 아 근디 이놈들이 자꾸 불복하구 대들어. 성가셔서 못 살지, 집에서 일두 못 허구 장사두 못 나가구.

허다허다 안 되서 아홉 번째였나? 그때는 검사하구 형사재판이 붙었어. 저쪽 놈들이 형사재판하자구 헌 거여. 갔드니 심간난이허구 저쪽 놈허구 둘이만 들어오라는 겨. 그래 들어갔더니 형사 두 명 세워두구 재판을 허데? 근디 재판사가 물을 떠 오라는 겨. 물을 떠 오니께 검사가 그놈, 집 뺏어간 놈 말이여. 그놈보구 갖구 있는 집문서 내 놔 보라 그려. 그놈이 실실 웃으믄서 지 이름 떡 하니 써 있는 집문서 를 내놓데. 검사가 그걸 받어서는 요롱게 물에 쏙 담궜다가 빼서는 살살 흔들어서 빤히 보데.

"아 이거 심간난이 집 맞네. 여기 심간난이 집이여. 자네 이름은 여 기 읎어. 재판 비용 심간난이한테 다 물어 줘."

붉은 도장 탁탁 찍어서 심간난이 갖구 가라구 나를 줘, 그 집문서 를. 집문서 훔쳐 간 놈들이 내 이름 위에 허연 칠을 허구 즈그들 이름 을 쓴 모양이여. 그러니 물에 살살 횅궜을 때 허연 칠 지워지구 그놈 들 이름두 지워지구 맨 밑에 깔린 내 이름만 나온 게지. 그릏게 아홉 번을 재판혀서 집을 찾었어.

그 집문서? 내게는 읎어. 우리 며느리가 갖구 있지. 내가 췄어, 속 지 말구 살라구. 잠깐 한눈팔면 그 난리를 겪으니께 집문서 보믄서 정신 차리구 살라구 내가 췄어. 그놈들이 내 집문서 훔쳐 가 놓구, 나를 왜놈 득시글거리는 경찰서 문 앞에까지 끌구 갔어. 동네 사람 이라 해두 믿지 못하는 거여. 내 맘 내가 믿어야지, 넘들 믿었다가는 큰일 나.

그놈은 아홉 번이나 재판을 혀서 졌으니께 돈두 많이 잃었을 꺼 아 녀? 거지꼴을 하구 살드니 이내 뒈지데. 한동네 사람이었어. 한동네 사람이니께 내가 그놈 뒈져 가는 거 다 봤지. 넘한테 독하게 하믄 못 써. 잘 되는 거 하나 읎어.

사람이 뭐든 겪어 봐야 알지, 안 그러면 내가 아무리 말해두 몰러. 그거 다 알믄서두 늙으믄 자꾸 젊은이들헌테 일러 주구 싶어. 나처럼 실수허구 큰일 겪을까봐 걱정되니께 그러는 게여. 실수하들 말구 살아야 혀. 정신 똑바루 채리구, 다른 사람 너무 믿지 말구 그릏다구 넘한테 독하게 해서두 안 되구. 명심혀서 들어.

넘의 맘 아프게 하고 잘 될 수 없는 것이여

시집간 우리 여동생은 6·25 전쟁 끝나구서는 바로 장사 다니기 시작혔거든. 얘가 여기저기 장사 다니다가 내 시동생을 만났네. 참 그것두 시동생이라구, 나와는 남이지만 우리 아들하구는 핏줄이니께 한번 찾아봤어. 전쟁 통에 뱅신은 안 됐는가 걱정두 되구 혀서 가 봤지. 거기가 원곡면 새말이라는 덴디 죽지 않구 살아 있기는 혀. 근디 살았으믄 뭐 하간? 형수 입던 옷가지까지 뺏어서 내쫓으며 악질을 허더니 전쟁 통에 폭싹 망혔어. 벌써 전쟁 나기 전에 이눔이 노름병이 들어서 지럴허구 돌아치면서 재산 많이 날렸다네. 그러구 비영비영 돌아치더니 사변 나구 난리 통에 아주 쫄딱 망헌 거여. 그 많은 살림살이, 참 대자리 하나 못 준다구 독을 썼으믄 잘 살아야 할 것 아닌가. 도둑놈마냥 그 지랄을 허더니 끝끝내 망허구 말어. 넘의 마음 아프게 해서 잘 되는 놈 어디 있간? 그래두 나는 남매 키우믄서 오빠가 타작허라 그럼 그거 해서 품 팔아 받아 먹구, 장사허구, 베 짜구 그룸 해서 집두 사구, 남동상두 집 한 칸 마련해 주구 그럭저럭 살았는디 시동생은 아주 쫄딱 망하구 말었어.

근디 아배를 보면 아들을 안다구, 그 집 아들 그르니께 나헌테는 조카여. 걔가 그렇게 불한당 같애. 아주 능글허게 거짓부렁두 잘 허구 몹쓸 애루 컸어. 그러니께 그것이, 내가 시동생 한번 찾아보구 그 이듬해여. 전쟁 끝나구 이듬해지. 가가방 하구 앉아 있는디 둘째 조카애가 왔어.

"아부지는 돌아가셨네유."

"워찌 그렇게 됐냐? 느이 형은? 느이 형은 잘 있냐?"

"아부지 가시구 재산 쪼매 남았든 거 형이 노름혀서 다 날려 먹었어유. 홀라당 날려 먹구 아무것두 옰네유."

"그래 너는 워찌 사냐?"

"지는 장가들어서 사는디 아주 살기가 힘드네유."

"아이는 있냐? 그렇게 힘들어서 워찌 산대냐?"

"다 날려 먹구 논이 두 섬지기 못 되게 남았시유. 그것은 지 명의루 돼 있는 거니께 형한테 문서 돌려받으면 즉시 그 논 큰어머니 띠어 드릴께유. 그거 드릴 테니께 큰어무니 나 돈 좀 빌려 줘유."

아이 꼴을 보니께 힘들게 산다는 건 틀린 소리가 아녀. 그전에 즈이 아배 잘살 때는 번쩍번쩍 하던 애가 그날은 아주 후지게 하구 왔어.

"너 얼마나 필요허냐?"

"소 두 마리 값만 좀 빌려 줘유."

걔가 어릴 때는 참 똘똘허구 착했그든. 또 애가 젊으니께 거짓부렁 허구 그럴 줄 몰렀어, 걔를 믿었지. 내가 장사하니께 돈은 수중에 있구 그러니 그냥 줬어. 줬더니 이놈이 홀랑 띠어먹었어. 아무리 기다려두 이눔이 오나? 논문서 들구 온다던 놈이 안 오는 거여. 그래두 나는 걔를 믿었어. 이눔이 무슨 사정이 있는가 보다 하구 있었지. 근디 우리 남동생이 그러네.

"가만 기다리구 앉아 있지 말구 찾아가 봐. 죽었는가 살았는가 왜 연락이 없대?"

그래 어무니께 가가방을 맡기구 갔어. 갔는디 웬일이여, 뒈졌다던 시동생이 턱 하니 밥 처먹구 앉아 있네. 나를 보더니 아주 성가셔 허데.

"형수는 왜 또 왔대유?"

야기를 혔지, 느이 아들이 돈을 들구 갔다, 논문서 갖구 온다구 그렸는디 아이가 연통이 읎다.

"지는 몰러유. 지는 그런 눔 모르니께 가세유."

두 부자가 아주 똑같은 거여. 참 기운이 빠지데. 그냥 왔어, 뭐 달라구 허지두 않구 그냥 왔다구. 그때는 그 집두 쫄딱 망한 다음이니께, 내가 그것을 아니께 내 돈 내놓으라 소리 못 허구 왔어. 그렇게 마지막 보구 해 바뀌기 전에 시동생 죽어 나가구, 얼마 안 돼 큰조카 작은조카 다 뒈지데. 아주 다 죽어 읎어지구 말어. 시동생 참, 천석꾼 의 집 양자루 들어가서 노름질해서 그 집 재산 다 읎애 치웠지, 즈이 형 죽기 무섭게 본가루 와서 그 많은 재산 다 털어 가구. 그릏 허구선 죽을 때는 그지루 죽은 거여. 잘 될 수 있간. 어지간히 독허게 살았어 야 잘 되지 그릏게 넘의 마음 아프게 하는디 잘 될 수 읎는 것이 정한 이치여.

시동생이랑 다 죽구 나서 얼만큼 지났는디 우리 아들이 그러는 거여. 그 집 논이 있다 그러지 않았냐구 그거 한번 찾아보자구. 나는 뭐 그런 거 찾을 줄 알간? 손 놓구 그냥 있었더니, 그 재산 다 날려 먹지는 않았을 꺼라구 뭐가 남아두 남았을 테니께 그거 한번 찾아보자구 자꾸 그 소리 혀. 내가 맹추모냥 가만있으니께 우리 아들이 나서서 조사를 혔어. 조사를 해 보니께 논이 조금 남았구 산이 조금 있어. 내가 잘못 생각헌 것은, 나는 그 집 씨가 마르게 다 죽은 줄 알았그든. 근디 큰조카의 아들애가 살아남았더만. 걔가 참 안됐어. 아주 어렵게 살아. 애가 착허긴 한데 약간 맹추여. 생각이 짧은 아이 같애. 그르니즈이 재산 논이구 산이구 남은 것두 못 찾구 있었을 테지. 그래 그거 찾아서 문중 산을 만들자구 그렸는디 우리 아들이 고만 죽구 말은 게여. 그거 한다구 좋아혔는디 못 허구 죽었어. 그러니 찾을 재간이 읎지. 내가 글을 모르니께 어디 가서 조사하구 그런 것두 모른단 말이여. 그냥 그릏게 됐다가 나중에 우리 손주 크구 나서 걔가 재판해서 찾았어. 산을 찾았그든. 산을 찾아서 거기다 가죽공장 만든다나 그르데. 근디 논 가진 이 하나가 즈이 논하구 바꾸자 그래서 논 서 마지기 되는 거 하구 그거 바꿨지. 그래 논은 손주가 차지허구 농사허다가 지금은 넘한테 도지로 주구 해 바뀔 적마다 돈 받구 그르지.

그릏게 살다가 이제 신작로가에 있는 집으루 이사 온 거여. 이 동네루 아주 들어온 게지. 지은 지 얼마 되지두 않은 아주 번듯한 집이었어. 거그다 내가 고생하며 돈 벌어서 산 집이그든. 그 집이 열닷 냥이라 그랬나, 숫자를 모르니께 기억이 안 나네. 그러니께 당시 돈 백오십만 원이여. 내 돈 갖다 주구 턱 허니 계약 치르니께 그것이 아주 내 집이지. 그거 아주 기분 좋아. 집두 위데서 그릏게 좋은지 몰러. 방도 여섯 칸인가 그려. 한 놈이 한 방씩 차지허구 들어앉아두 방이

남으니께 그거 참 신기허지. 근디 참 짚신두 임자 읎는 넘 읎다구 방두 임자가 있는 게여.

　그때 우리 남동생 장가간 다음이니께 어무니를 그 아이가 모시겠다구 혔어. 그래 어무니가 그 집에 가셨지. 동생이 살던 집이 내가 사 준 집이그든. 내가 고생고생해서 집을 사 줬는디 그눔이 노름병이 들렸는지 기집병이 들렸는지 집에 붙어 있지를 않어. 돈벌이할 생각두 안 허구 그저 나더러 돈 달라구 쫓아다니구 그릏게 난봉꾼마냥 굴더니 내가 사 준 집을 팔아먹구 읎애 치워. 그르구 얼마 지나지 않아 그만 죽어 버리데. 그러니 워째, 어무니 모셔와야지. 남동생이 하나 더 있긴 헌데 걔는 어째 장가 안 가구 혼자 살데. 내가 신랑과 함께 살면 아들네루 가셨을 테지만 나 혼자니께 우리 어무니두 아들네보다 딸 곁이 편하셨을 꺼여. 그래 친정어무니 새 집으루 모셨그든.

　근디 사돈댁이 저두 예서 살겠다구 짐보따리 싸 들구 왔네? 우리 며느리가 그 집 막내딸인디 막내딸 집에 얹혀살겠다구 온 거여. 우리 사돈댁이 참 사는 형편이 말이 아니었그든. 근디 그 집이 며느리 보면서 속이구 데려온 게여. 가난해 빠지다구 그르믄 색시가 시집 안 오니께 논두 있구 소두 있구 그릏게 잘산다구 거짓뿌렁을 했을 테지. 그거 참 속아 시집온 며느리 심정은 내가 잘 알지. 아주 기운 빠지구 정내미 떨어지그든. 그러니 며느리가 즈이 시어무니 그러니께 우리 사돈댁이지, 그이한테 이악스럽게 굴은 게여. 우리 사돈은 나이두 아주 많그든. 나는 우리 아들이 맏인디, 그이는 우리 며느리가 막내딸이니께 나보다 한참 위지. 아이구 참 여그 와서 살겠다는데 워뚱할 껴? 데리구 살었어.

99

그때 모두들 서산 구내에 나 같은 사람 더는 읎다구들 혔지. 친정 어무니 모시구 있지, 아들 장모 모시구 있지. 거그다 딸 시어머니까지 와 계셨그든. 딸 시어무니는 내가 데리구 살지는 않았어두 한동네 분이니께 연신 와서 살다시피 혔단 말이여. 내가 데리구 살지 않어두 계속 오시니께 밥이구 뭐구 내가 다 해 먹이지. 그러니께 입이 많어. 그때는 장사두 매우 잘 됐그든. 한번씩 뭐 해 먹으면 아주 동네잔치여. 돼지괴기를 먹어두 어디 쬐끔 사 오면 그거 누구 입에 넣어? 그거 한 마리 잡는 거여. 우리 며느리허구 사돈이 그거 좋아하그든, 돼지족. 그러니 돼지 잡으면 돼지족 같은 거는 며느리하구 사돈댁하구 멕이구, 우리 딸네 사돈은 소 잡으면 좋아허셨어. 그래 소 잡으면 그거 좋은 고기, 시뻘건 거 그런 거 몇 덩어리 주구 그렸어. 그렇게 손 크게 음식 장만혀두 좋은 놈은 내 입에 안 들어오는 게여. 다 아들 먹이구 사돈 먹이구, 동네 분들께두 나눠 드리구 그러니께 내 입에 들어가는 것은 읎지. 그러믄 이제 우리 며느리는 미안해 죽는 거여. 나 안 먹구 저 주면, 얼굴이 시뻘게져서 그려.

"어무니 이러믄 워쩐대유. 어무니가 드세유."

내가 즈이 어매 나이 나보다 많다구 아주 시어무니 대접하며 잘 거둬 주니께 참 고마워혔어. 우리 며느리하구 나하구는 참 의좋았지. 다들 어무니 딸이냐구 묻지, 시어매 며느린 줄 몰랐다구. 개는 매우 어렵게 살다가 시집을 왔으니께 우리 집 형편만 혀두 좋은가 벼. 아주 그렇게 알뜰허게 일 잘 하구 잘 웃구 살갑구 그랬어. 나두 딸보덤 개를 더 이뻐했지. 지금두 반찬이라두 맛난 놈 생기잖어? 그러믄 딸보다 우리 큰며느리가 생각나. 개가 지금 대전 사는디 병들었대. 아

100

프다 그러대. 그래 맛난 눔 생기믄 개 갖다 주구 싶어. 지가 낳은 자
슥들만 데리구 갔어두 난 개가 밉지 않어. 같이 사는 동안 한 번 싸워
보들 않었어. 참 우리 아들이 바람나서 돌아치니께 미안해허면, 개는
내가 즈이 어무니 잘 뫼신다구 고마워허구 서루 그렇게 애꼈지. 맛난
눔 좋은 눔 보면 손주들보다두 우리 큰며느리가 생각나. 아이들이야
즈이들 알어서 잘 먹을 테지. 큰며느리는 늙구 병들었으니께 개가 생
각나.

'아이구 이거 줬으믄 좋겠네.'

그 생각 든다구. 서방이라구 살아생전에 고생만 시키다가 일찍 죽
어 없어지구 참 고생 많이 허구 살었어. 대전은 예서 멀지두 않으니
께 개두 나보러 오구 싶어한는디 아프니 차를 탈 수 있간? 못 본
지 오래됐어.

신작로 집이, 집은 참 좋았는디 우리 가족과는 안 맞었던 모양이
여. 그러구 보면 점쟁이 거짓뿌렁헌다구 말 못 혀. 동네에 점쟁이가
있었그든. 이사 가서 얼마 안 됐으니까 난 그이가 점쟁인지 뭔지두
모르지. 근디 나를 보구 그려.

"그 집이 아줌니 이사와 살 집은 아니네유. 십 년 넘기기만 하면 어
이 다른 곳으루 이사 가세유."

점쟁이 말 뭐 귀담아든간? 널찍허니 좋은디 이사를 왜 가. 신경 안
쓰구 잊구 살었지. 그러다가 이제 한참 살었으니 점쟁이랑두 낯이 익
었는디 어느 날 또 그 소리 하네?

"이제 십 년 지났으니 어이 가세유, 십 년 더 넘기믄 못써유."

그 소리 두 번 들으니 기분이 안 좋데. 영 안 좋어. 근디 워디 갈 데

가 있간? 그냥 살었지. 기껏 잘 살었는디 십 년 넘기구 멀쩡하던 아들놈 가구 재산 홀딱 날리구 그렸어. 어무니두 돌아가시구. 잘 살다가 끄트머리 가서 쫄딱 망한 거여. 점쟁이 말 들었으면 아들두 안 잡구 망허지두 않구 그랬을 텐디 괜히 거기 눌러 살았나 싶은 생각이 들어.

처음에는 우리 친정어무니 모시지, 사돈마님 두 분 모시지 그러면 서두 얼굴 한 번 붉히지 않구 아주 좋았지. 가가방두 잘 돼서 우리 여동생 시집갈 때 내가 좋은 놈 많이는 못 혀 줬지만 혼수두 넘한테 챙피하지 않을 만큼은 혀 줬구. 걔가 막내니께 나허구는 나이 차이가 많이 나. 그러니께 걔를 아주 이뻐했어. 시집보내는디 그거 아주 걱정돼. 내가 시집살이 고되게 했으니께 걔두 시집가서 그럴까 싶구 걱정돼. 그래두 뭐 워뚱혀. 혼자 살 수 읎으니께 보냈는디 사람 명이랄 것두 읎어. 그 어린 게 새끼 낳다가 죽었어. 아들 하나 낳다가 아들두 죽구 저두 죽구 다 죽었어. 먼저 죽은, 내가 사 준 집 팔아먹구 죽은 애 말이여. 걔는 그래두 아들 형제에 딸 하나 두구 죽었지. 여동생은 그냥 자슥새끼 낳다가 같이 죽어 읎어졌어.

우리 아들 죽은 것이 그중 한이지. 장사허다가 사기당해서 화병으루 죽었어. 내가 농사짓구 되야지 키우구 장사허구 기름두 팔구 그릏게 복구해서는 그럭저럭 갠신히 먹고살 만허게 해 놨는디 우리 아들이 장사헌다구 설치다가 쫄딱 망헌 거여. 장사 안 되니 땅 있는 거 팔아먹구, 땅 판 돈 사기당하구, 집 팔아먹구, 그러구선 일어나지두 못하구 누워 있다가 화병으루 죽은 거여. 병원두 못 가구 집에 누워 있다가 저세상 갔어.

자식이 워찌 부모 맘대로 되는가

우리 아들이…… 참 사람이 시집, 장가를 잘 가야 혀. 자식이 나이가 차믄 부모는 얼른 짝 지워 주구 싶잖어. 근디 가만 보면 우리 아들은 장가갈 생각을 안 허는 거 같애. 그래 내가 이리저리 선을 넣었어. 아는 이들헌테 알아봐 달라며 부탁두 허구 내가 찾아보기두 혔지. 근디 장사허구 돌아다니던 내 동생, 그러니께 걔한테는 이모여. 걔가 하루는 그래.

"언니, 저 아래 괜찮은 처녀가 있구먼."

한동네 처녀가 아니니께 나는 걔가 어떤 아이인지 모르잖어. 그래 몰래 가서 봤그든? 가만 보니 아이가 곱상하니 얌전혀 뵈고 괜찮어. 그래 우리 아들헌테 저 아래 처녀가 있으니 이참에 장가가라 그랬지. 그러니께 자꾸 싫다 그려. 그 여자아이가 아주 읎이 사는 집 딸이었그든. 형편이 우리 집보다 더 힘들어. 언뜻 드는 생각에, 이눔이 가난한 집 딸이니께 싫다구 그러나 싶어.

"괜찮다. 우리 집두 아무것두 읎으니께 읎는 집에서 얻어 오자."

그러믄서 싫다구 싫다구 우기는 걸 억지루 보냈어. 그렇게 보내 놓으니께 또 아무 소리 안 허구 잘 살어. 거기서 일곱인가 여섯인가 자식두 보구 애들 키우믄서 잘 살었어.

　그릏허구 잘 살더니 괜히 면서기 다니다가 변하기 시작혀. 당시 촌에서는 선상이랑 면서기가 최고그든. 목에 힘 뺏뺏허게 주구 다녔어. 읍내구 어디 나가면 여우 겉은 가시내들두 따라붙을 테지. 작은마누라 얻기 시작허데? 작은마누라 얻기 시작허니께 돈이 읎어지기 시작허는 거여. 작은마누라를 일곱을 얻었어. 그놈이 얻어 오면 내가 내쫓구 얻어 오면 또 내쫓구 자꾸 그러니께 이놈이 어매를 미워해. 지 좋은 여자 자꾸 내보낸다구. 그릏 허드니 넘들이 다 부럽다는 면서기 자리 내팽개치구 장사를 헌다구 나서네? 아무리 생각혀 봐도 이놈 혼자 장사허라구 내보내지 못하겠어. 작은마누라 얻으러 돌아다닐 것 같고 또 얌전히 면서기하구 앉아 있던 넘이 장사를 워찌 혀? 험한 이들두 많구 사기꾼두 많은디 아 지가 그걸 워찌 허냐구. 나는 평생 장사 해 먹었으니께 그래두 우리 아들놈보다는 좀 낫지 싶어. 그래 내가 데리구 장사를 혔어. 혼자 허겠다는 걸 어매랑 같이 하자구 구슬렸지. 밥장사두 허구 술두 갖다 팔구 새우젓두 해다 팔구 장사 잘 혔어. 나 혼자 할 때보다 힘도 덜 들구, 우리 아들 역시 즈그 어매가 척척 알아서 해 주니께 편했을 꺼여. 서로 의지도 되고 좋았다구. 그래 장사 잘 혀서 논두 사구 밭두 사구 그렸그든. 이제 나두 넘들맨치로 괜찮게 살게 되는구나 혔어.

　근디 돈이 모이지가 않어. 아들놈이 작은마누라 얻어 오면 나는 내쫓구, 그거 자꾸 허니께 돈이 모이지가 않는 거여. 내보내려면 돈 들잖어. 방 얻어서 살림이라두 장만해 줘야 하니께 돈 들어. 돈 좀 모을 만하면 방 얻어 주고 방 얻어 주고 거그까지만 혔어두 괜찮어. 근디 이놈이 노름 들려서 재산을 날렸어. 아주 못 나가게 붙들구 앉었어두 어느 틈에 노름판에 가 앉아 있구 그르드니 불과 몇 달 동안 재산 홀라당 날렸어. 그런다구 다 큰 놈을 쥐 팰 수두 읎구. 헐 수 읎이 내가 이것저것 내다 팔아서 빚은 읎게 해 봤지.

겨우 그래 놨더니 이번에는 이놈이 소금장사를 헌다구 설치네? 암만 혀도 맘이 안 내키는디 자식이란 것이 본래 부모 맘대로 되는 것이 아니여. 아무리 말려도 소금 귀신이 붙었는지 내 말을 안 들어. 그러구는 전라도 사람 사겨 가지구 돌아다녀. 그 사람이랑 소금장사헌다구 다니는 거여. 그러구 사방 돌아다니더니 일년도 못 돼서 덜컥 차압 들어오데? 집행 나와서 딱지 척척 붙여 놓는 거여. 겨우 집 장만허구 땅두 좀 사구 이제 넘들만큼 살아보나 부다 했는디 그 난리가 터진 거여. 경매는 면해야 허니까 또 돈 얻어 가지구서 틀어막았어. 경매는 넘겼는디 경매 막느라 빌린 돈 또 갚아야지? 근디 가진 돈이 있나? 워째? 가진 거라곤 경매서 건진 집이 전분디 그거라도 팔아야 빚을 갚지. 그래 그 집을 팔았어. 그 집이 참, 그렇게 꼭 내 맘에 흡족 헐 수가 읎었는디 팔었어. 집 팔구 빚 몇 번 갚으니께 뭐 남는 거 있간? 맨몸뚱이만 남는 거여. 그 좋은 집에서 배불리 먹구 잘 살았는디 몇 달 사이에 그렇게 그지가 된 거여.

그러구 나니 갈 데가 있남? 그 좋은 자리, 좋은 집서 살다가 이 구석으루 쫓겨 온 거여. 처음에 오니 아주 형편읎지. 사람 살던 집이 아닌 거 같어. 못 살었어, 그 집서는. 그래 어무니를 아들네 모셔다 드렸어. 집 공사허구 도배허구 그래야 허는디 어무니는 나이 드셨으니께 불편하실 꺼 아녀. 집 다 고치믄 모셔 올 생각이었지. 그러구서는

우리 아들 데리구 산으루 들루 다니면서 내 손으루 나무해서 목수 몇 명 얻어서 이 집을 지었어. 수선을 떨어 대믄서 돌아다녔으니께 이렇게 방 두 칸에 부엌 하나짜리 집 지었지. 망하구 쫓겨 왔다구 맥 놓구 앉어 있었으면 지금두 움막 같은 데서 살았을 테지. 근디 기술 자들이 지은 집이 아니라 지금두 추녀 밖이랑 다 질질 새. 비만 오면 저기 추녀 밑으루 물이 뚝뚝 떨어지구, 벽에서두 물이 뚝뚝 떨어지구 그려.

그래두 처음 이 집 짓구 얼씨구 좋다구 할아버지들이 한 방씩 들어앉아 있었어. 놀기 좋다구. 신작로 살 때두 장사했으니께 이 동네 할아버지들두 다 알았지. 오며 가며 물건 팔아 주시던 분들이니께. 할아버지들이 막걸리 한 통씩 사 들구 안방 차지하구 앉었으믄, 나는 저만큼 떨어져서 부엌에 앉아 있다가 방석 깔구 자구. 지금처럼 푹신헌 솜방석이나 있간? 죄 밀짚으루 엮은 밀짚방석이지. 객은 안방 차지허구 앉아들 있구 주인은 부엌에서 밀방석 깔구 자구 그렸어.

마을에서 테레비두 내가 젤 처음 샀그든. 신작로 집에서 살 때 전기 들어오자마자 테레비를 샀어. 전기 들어오니께 그냥 훤한 것이 밤에도 대낮마냥 훤하고 아주 좋구말구. 그러구 바루 테레비 산 거여. 가가방 할 때니께 물건 판 돈으루 샀지. 테레비가 있으믄 그거 보구 싶어서라두 우리 집으루 물건 사러 올 거 아녀. 그때 산 테레비를 이사 오면서 갖구 왔그든. 이 동네 사람들은 처음 구경했을 테지. 그때는 지금처럼 이렇게 색깔 나오는 것이 아니구 흑백이그든. 아이구 그거 들구 이 동네 오니께 사람이 떨어지지를 않는 겨. 한 방 가득 사람이 바글바글 혔어, 그놈 구경하느라고. 그전에는 유성기루 목소리만 듣구 살았지. 그러니 테레비는 을매나 신기혀. 거참 재미있어 죽는다 그렸지 다들. 할아버지들이 그러구 시간 가는 거 모르구 놀구 앉었으면 부인네들이 영감 찾으러 왔다가 즈이들 역시 들어와 앉어 함께 놀구 그랬어. 참 하루도 객식구 읎는 날이 읎었지.

그렇게 남의 식구들두 와서 번잡을 떨구 제 집모냥 들어와 앉었구 하는디 우리 어무니는 영 이 집에 안 와 보셨어. 어찌 된 게 아들네 모셔다 드리구 나흘 만에 돌아가셔. 병 앓이두 안 하셨구 아픈 데두 읎으시구 건강하셨는디 아들네 가서 금방 세상 뜨셨어. 오래 고생 안 하시구 그저 조용히 가신 게여. 이 집 짓구 모셔 오겠다구 혔는디 여그를 한 번 못 오시구 돌아가셨어. 그때가 어무니 여든세 살인가 그릏지 싶네. 우리 아버지 먼저 돌아가셨으니께 아버지 곁에 어머니 모시려 했그든. 근디 우리 조카가 아들을 못 봤어. 딸만 둘 낳았어. 그러니 걔 죽으믄 아버지 어머니 산소는 누가 모실 꺼여? 그래서 어머니는 화장혔어. 어무니가 절 믿으셨으니께 절에 모셨지.

불쌍허지, 친정어무니 불쌍혀. 내가 장사 다녀서 배는 곯지 않았지만 맛있는 거야 먹을 수 있간? 그저 죽이나 끓여 먹구, 그것두 배부르게는 못 먹어. 식구가 여럿이니께. 입이 여럿이니께 뭐든 많이 먹지는 못혔단 말이여. 그릏게 어무니 돌아가신 거 가슴은 아프지만서두 죽지 않는 사람이 어디 있간? 어무니 갈 나이 되셨구, 가시는 길에 큰 고생 안 허셨으니께 내 맘에 한 맺힐 것은 읎다 여기구 견뎠어. 재산이야 홀딱 날렸지만 나 건강허구 아들 건강허구 또 손주 착허게 잘 자라니께 금방 일어설 수 있을 것이고. 그릏게 생각하믄서 다시 잘 살아 보려구 혔어.

근디 쫄딱 망허구 나니께 아들놈이 반 미친 거여. 제정신이 아니여. 집 짓는다구 나허구 산으루 다니구, 목수 데리구 일허구 할 때는 멀쩡혔어. 근디 집 짓구 나니께 할 일이 읎잖어. 세상이 조용하니께 사기 당한 것이 암만 혀도 너무 억울한 거여. 집이라구 짓긴 했지만 서두 전에 살던 집에 비하면 그지 움막이지. 그러니 이놈이 전라도놈 찾는다구 돌아치는디, 아 맘먹구 사기친 놈을 조선팔도 어디 가서 찾어. 찾다찾다 못 찾으니께 포기를 허는 눈친디 차라리 미쳐 날뛰는 것이 낫지. 포기를 하니께 시름시름 앓는 거여. 아주 그 꼴은 못 봐줘. 내 자식 앓아누운 꼴은 아주 볼 것이 못 돼. 눈은 떴어도 뵈지는 않는지 어매랑 눈 한 번 안 맞춰 주고 그냥 멍허니 누워만 있어. 밥을 먹여 줘도 넘기지를 않고 옆으로 질질질 흘러도 닦지를 않어. 내가 그넘 살리려구 안 해 본 짓이 읎어. 좋다는 약, 용허다는 무당 다 해 봤어. 아무리 그 난리를 떨어도 하늘서 오라는 부름은 참 인간의 힘으로는 막지를 못하는 법이여. 소용읎어, 안 돼. 즈 아들, 그니께 내 손주 말이여. 걔 두 살 먹어서 갔어. 이 집 짓구 한 두어 달 있다가 간 거여. 그 전라도놈허구 사업한답시구 돌아다니다가 사기 당허구 화병으루 죽은 거여. 신랑 일찍 돌아가시구 아들놈 하나 보구 살았는디 그놈이 그렇게 쉬 갈 줄 알았남. 그놈이 세상 뜰 때 울며 허던 소리가 아직 내 귀에 쟁쟁혀.

"어머니 저거 키우시느라 고상하실 텐디 워째유."

사람 목숨이 참 모질어. 끊어지려면 끊어져야 허는디, 아들 앞세우구 가슴이 찢어지는 데두 아들놈 시신 저 옆에 뻗쳐 두구 밥을 먹었어, 내가. 나까지 읂으믄 저 손주놈들 다 잡을 거 같아서 아들놈 시신 옆에 두구 내가 밥을 먹었다구. 그룽 허구두 살었어. 눈앞에 그 꼴을 보믄서두 이 나이껏 사는 거 보믄 참 기맥혀. 아들 간 것이 벌써 몇 해여. 나는 참 팔자 사나우니께 살아 있지 벌써 가야 할 늙은이여.

난 부자 부럽지 않어. 자식 있는 이가 가장 부러워

가만있으믄 아들 생각 나. 왜 안 나겄어, 계속 나지. 말소리까지 쟁쟁허게 기억나는디. 생각하면 항시 두근두근 허지만 생각허면 뭐 혀. 가슴만 맥혀. 난 읎이 살어두 부자 부럽지 않어. 난 자식 있는 이들이 가장 부러워. 아들 있는 이들이 그중 더 부러워. 재산 많으면 뭐 혀? 굶어 죽지 않고 살 수만 있음 되지. 난 돈 탐내는 사람이 아녀. 넘들한테 나 밥 좀 먹여 달라구 손 내밀지 않을 만큼만 있으믄 돼. 복지원서 한달에 두 번씩 김치 갖다 주구 배급두 들어오그든. 그거면 돼, 나는. 더 필요한 것도 읎고 부러운 것도 읎어. 그저 아들 있는 이들이 부러워.

그래두 그눔이 가면서 아들이라두 한 놈 넘겨 놓구 떠난 것이 다행이여. 즈이 아버지마냥 한창 좋은 나이에 훌쩍 가 버린 아들놈 생각나믄 손주 봐. 즈이 애비랑 닮었지. 국화빵은 아닌디 자식이니께 닮은 데가 있어. 손주한테 아버지 산소 잘 모시라구 이르지. 너 때문에 눈두 못 감구 죽었으니께 니가 산소 잘 돌봐야 헌다구 일삼아 그 소리 혀.

아버지 일찍 잃는 것두 참 김씨 집안 남자들 팔잔가벼. 우리 영감두 즈이 아버지 어려서 잃구, 우리 아들두 즈이 아버지 어려서 잃구, 우리 손주들까지 즈이 아버지 일찍 잃었잖어.

장사헌다구 돌아치다 사기 당허구 화병으루 아들이 세상 뜨구 얼마 되지두 않어 이번에는 작은며느리가 장사헌다구 설치데? 아들이 작은마누라 얻구 다녔다구 했잖어. 그중 아무리 뜯어말려두 가지 않던 아이여. 아이 키우며 여기서 같이 살겠다구, 내보내지 말아 달라구 그릏게 애닯게 빌며 붙어 있어. 그래 다른 아이들은 다 쫓아 보냈는디 걔는 데리구 살었어. 걔가 아들두 하나 낳았구. 그래두 걔는 내가 이뻐혔어. 큰며느리헌테 미안혀서 내색은 안 혔지만 걔는 심성두 곱구 괜찮었어. 그릏게 내 속마음으루 내심 챙기구 있었는디 그 아이가 장사헌다구 나서니 말리구 싶지두 않구 말릴 기운두 읎어. 즈이 신랑 세상 뜬 지 얼마나 됐다구, 즈이 신랑 잡아먹은 그 짓을 지가 또 한다는 겨. 나이 젊디젊구 장사가 뭣인지두 모르는디 잘 될 수 있간? 이내 폭싹 망해 먹어. 그러구 쫄딱 망해 먹더니 지 새끼까지 내팽개치구 도망갔어. 온다간다 말두 안 허구 어디루 갔는지두 몰러. 아들 하나 낳은 거 뚝 떼 놓구 지 혼자 도망갔어. 그 아이가 세 살 때여. 우리 큰며느리, 그러니께 우리 아들의 본처지. 걔가 낳은 손주들은 막내둥이가 아홉 살 먹구, 큰 애들은 고등핵교 다닐 때구.

아이들이 한창 공부할 나이잖어. 근디 즈 아배가 홀딱 날려, 작은 어매가 홀딱 날려 그릏게 다 날렸지. 공부시킬 돈이 읎어. 마을 안에는 고등핵교가 읎그든. 요기 바루 옆에 국민핵교 하나 있는 게 전부여. 아이들 가르치긴 혀야 하는디 읍내에 방 얻어 줄 돈이 있간? 있는 거 읎는 거 다 팔구, 아는 이들에게 몇 푼씩 빌렸어. 그래 서산 시내에 담벼락 다 무너진 집을 얻어서 애들을 데려다 놨는디, 입에서 욕이 막 나와. 나는 본래 험한 소리 잘 허는 사람이 아닌디 그날, 다 무너진 집에 어린 손주들 데려다 놓구 오던 그날은 그냥 욕이 술술술 나와. 망할 놈이 뭣 헌다구 장사는 허구 돌아쳐서 그 좋은 집 날려 먹구, 날려 먹었음 살어서 갚어야지. 어린 자식새끼, 늙은 어매 두구 저 혼자 훌쩍 가 버리믄 뒷감당은 누가 하난 말여. 작은며느리두 마찬가지여. 신랑 죽었으믄 얌전히 들어앉어서 아이 키우며 동네 품삯이나 하구 다니지 지가 뭘 안다구 나서, 나서기를. 아주 그 아이들이 내 앞에 있으믄 싸리비루 막 패구 싶어. 옛날 집이니께 담벼락 다 무너지구 사방서 물은 새구, 그런 집에 아이들을 두구 나오니께 얼마나 속이 상허겄어. 불쌍허지, 나는 늙었으니께 어디서 살어두 관계읎지만 어린아이들이 무슨 죄여. 그 아이들 불쌍혀서 눈물이 줄줄줄 나와. 아배라는 사람은 생전에두 작은마누라 얻구 다니며 그렇게 애들 어매 속 썩이구 아배 노릇 제대루 못 하더니, 죽어서까지 좋은 꼴 못 보이구 자식새끼들 고생만 시키는가 싶구. 손주들 불쌍허구, 좋은 꼴 한 번 못 보이구 뒈진 우리 아들두 불쌍허구. 젊어 과부되서 고생고생하다가 벌어 놓은 거 홀딱 날려 먹구 다 늙어서 어린 손주들 뒤치 다꺼리허며 살어야 허는 내 처지두 불쌍허구. 서산 시내서부터 눈물 줄줄줄 흘리구 중얼중얼 욕허구 그러며 들어왔어.

작은 방에다 쬐끄맣게 차려 놓구 가가방하구, 품두 팔구 그러며 아이들 학비 벌었어. 큰며느리는 서산 시내 나가서 아이들허구 살며 밥 해 주구, 핵교 보내 놓구 나서는 식당일두 허구 그랬지. 그렇게 애를 썼어. 아이들은 잘 가르치구 싶었으니께. 근디 그것들이 서울로 간다 그러데. 예서는 이미 자리잡아 놓은 이들이 많아서 장사를 혀도 잘 안 될 것이고, 보는 이들마다 집안 사정 너무 잘 아니께 아이들은 그 것이 아주 싫었던 모냥이여. 사춘기 때니께 '느그 아배 죽었다.', '작은어매두 있다.' 그런 소리 듣기 싫었을 테지. 그래 둘째며느리가 낳은 손주는 내가 데리구 있구 큰며느리랑 그 자식들만 서울루 갔어. 작은마누라 때문에 속이 새카맣게 탄 아인데 거그서 본 자식까지 데리구 가구 싶지 않았겠지.

서울 가서는 어디 산동네에 곁방 하나 얻었다구 연락 왔어. 시골은 맨 산동네잖어. 집들이 죄다 산에 있으니께 나는 그저 서산 생각만 한 거여. 어디 서산 곁은 데다 얻었는가 보다 그렸어. 그러구 얼마 있다가 내가 한 번 가 봤그든. 웬일이여? 다른 집들은 다 나지막한 데 그렇게 이쁘게 있는디 우리 아이들 사는 동네는 서산보다 더혀. 나무 있구 풀 있는 산이 아니구 그저 맨 흙이구 돌인디 그 꼭대기에 집이 있는 거여. 쳐다보는디 아주 머리가 획 돌아, 어지러워. 이를 꽉 물구 겨우겨우 거기를 올라가서 아이들 산다는 집에 당도를 혔는디, 아이구 사람 사는 집이 아니여. 서산 시내 내가 얻어 췄던 담벼락 무너진 집보다 더혀. 뒷간이여, 딱 보면 사람 사는 집이 아니구 그냥 뒷간 같어. 그런 데서 여덟 식구가 산다는 거여. 얘기 들어 보니께 그런 집두 월세를 내야 헌다구 그려. 나는 누가 버린 집에 들어가 사는구나 혔더니 그 집두 주인이 있는 집이랴. 한달에 오만 원씩 내야 한다는 거여. 돈이 있어야 방값두 내구, 풀죽이라두 쒀 먹지. 그래 큰손녀가 방직공장 다니며 그 돈으루 방세 내구 쌀 사 먹구 그런다구 얘기혀. 아이 혼자 나가서 얼마를 벌었어. 몇 푼 되지두 않겠지. 이불 살 돈두 읎어서 여덟 식구가 이불 하나 덮구 살어. 그것두 돈 주구 산 것이 아니구 누가 버리구 간 거 주워다 덮는다구. 큰며느리 붙들구 막 울었어. 손주들두 울구 큰며느리두 울구 한참을 울었지. 눈물이 그칠 줄을 몰러. 밤새 울었어. 아들 죽었을 때 참았던 눈물 그날 다 흘린 거 같어.

마음 같어서는 거기 함께 살며 아이들 밥이라두 챙겨 먹이구, 그러믄 아이들 어매두 나가서 일하기 덜 힘들겠구나 싶어. 그릏지만 함께 살 수는 읎지. 작은며느리가 낳아 놓구 간 손주가 있으니께. 나한테는 똑같은 손주란 말이여. 아이들 아배 죽을 때 그놈 때문에, 다른 아이들은 즈그 형제들 있는디 저거는 혼자라구, 즈 어매가 재가라두 허면 저놈은 아무두 읎다구 눈두 못 감구 죽었어. 그르니 나는 그 아이 키우며 살어야지. 작은손주 데리구 서울 오는 것은, 에이 못써. 함께 살면 못써. 배다른 형제 한집에 살믄 못쓰는 법이여. 형제 없는 아이는 아주 사람 꼴 못 혀. 그르니 돌아와야 헐 테지. 가져갔던 돈, 몇 푼 되지두 않는 거 탈탈 털어서 큰며느리 주구 나는 서산으루 왔어.

애는 손주가 아니라 내 아들이다

서산 와서두 서울 있는 아이들이 영 걱정되지. 비 오믄 흙무더기 무너지지 않았나 걱정되구, 날 추우면 얼어 죽지 않았나 걱정되구. 그러구 연신 걱정만 허며 작은손주 데리구 가가방하며 사는디, 어느 날 손주가 왔어.

"할무니 서울루 가유. 빌어먹구 살더라두 거기 가서 함께 빌어먹어유."

암만 생각혀도 나와 함께 살아야겠다는 거여.

"아버지 돌아가시구 제가 장손인디 제가 할머니 모셔야지유. 어무니랑 할무니 제가 모실 테니께 함께 가세유. 혼자 기시다가 편찮으시기라도 하면 워쩐대유. 함께 가세유."

근디, 작은애는 데리구 갈 수 읎다는 겨. 걔는 갖다 버리든지 고아원에 넣구 할무니만 모시구 가겠다 그려. 밤새 뒤척뒤척 허믄서 생각을 혔어. 그러믄 안 되지 싶어. 작은아이두 데리구 가면 몰러, 걔 떼놓구 나 혼자 살겠다구 어린아이 버리구 가면 벌받지 싶어. 그룿지만서두 나 역시 을마나 살기가 힘들어. 고아원에 데려다 주면 혹 돈 많은 사람이 양자 삼으려 데려갈 수두 있구, 그룿게 되믄 아이한테두 읎

116

는 살림에 늙은 할매가 데리구 사는 것보다 나을 거 같어. 굳이 부잣집 양자루 못 들어가두 밥은 제대루 먹을 테구 고등핵교까지는 마쳐 줄 거 같어, 내 생각에. 그래 마음 단단히 먹구 아침에 눈뜨기 무섭게 어린 거 손을 끌구 고아원에 갔어. 내가 마음 약하게 먹으면 이십 년은 고생허구 살지, 큰손주들 얼굴두 못 보며 예서 갖은 고생허구 살지. 그렇게 생각허면서 아주 맘을 독허게 먹었어. 애 얼굴 보면 못 띠어 놓지 싶어서 한 번 쳐다보지두 않었지. 잡고 있던 손 탁 놓구 "너 이제 여기서 살어야 한다. 말 잘 듣구 착허게 있어라."

그러구 돌아서는디, 그때 걔가 네 살인가 먹었그든. 근디 네 살 먹었어두 뭘 아는지 자꾸 "할무니, 할무니." 불러 싸.

아이구 그 소리 들으니 불쌍해서 거그다 놓구는 못 가겠어. 걔 아배가 세상 뜰 때 눈두 못 감구 저거 불쌍허다며 잘 키워 달라구 하던 거 생각나구. 또 아이가 아주 착혔그든. 나이 어려두 투정 한 번 할 줄 모르구 아주 얌전허구 착혔어. 저것이 즈 어매 있으면 다른 아이들처럼 투정두 허구 장난두 허구 그럴 텐데 어매 읎으니 저러구 기죽어서 얌전허구나 싶었지. 근디 나까지 걔를 버리면 아이가 제 명껏 못 살지 싶어. 내가 손 탁 놓구 돌아서서 나올 때두 소리 내며 울지두 않구, 눈물 뚝뚝 흘리며 그저 "할무니, 할무니." 그러며 서 있어. 차라리 할무니 따라간다구 소리치며 울면 띠 놓구 나오겠는디, 그러구 "할무니, 할무니." 허는디 도저히 못 나오겠어. 저거 놔 두구 가면 평생 가슴에 한이 되지 싶구, 죽어서 우리 아들 얼굴두 못 보지 싶어.

"이리 와. 할무니한테 와."

오라구 손짓을 허니께 애가 눈물 뚝뚝 흘리며 오네. 뛰어오지두 않

구 아주 살살 와. 걔 업구 집으로 돌아오면서 다짐혔지. '내 아들이
다, 얘는 손주가 아니구 내 아들이니께 내가 잘 키워야 헌다.' 그러구
다짐혔어.

고아원에 갖다 준다구 데리구 나간 애를 업구 들어오니께 큰손주
는 놀라지, 깜짝 놀라.

"야, 헐 수 읎다. 할매 떨어져서 니들은 니들끼리 살아야겠다. 나는
얘 버리구 못 가겠다."

그 아이들이랑은 그렇게 헤어진 거여. 그때 그렇게 되구선 식구들
다 어디루 갔는 줄두 모르구 나허구 작은손주만 이 동네 똑 떨어진
거여. 그것이 나 육십 넘어서지.

그때 내가 생각 잘 헌 거여. 작은아이 키우겠다구 큰아이들이랑 헤
어진 거 말여. 내가 걔들 따라가지 않았어두 애들 어매가 아이들을
아주 잘 키웠어. 그 힘든 세상을 다 어떻게 애달프게 보살피구 그랬
는지 아이들이 워데 가서 어쭙잖은 소문 안 만들구 착실하게 잘 사는
모양이여. 또 내가 키운 작은손주두 잘 자랐그든. 착허구 착실허구
애가 아주 괜찮어. 내가 작은애 버리구 큰애들 따라갔어 봐. 큰애들
이야 나 읎어두 즈그 어매가 잘 키웠을 꺼 괜히 나 있으믄 애들 짐만
됐을 꺼구 작은애는 아주 망나니됐지. 아배 죽구 어매 도망가구 할매
는 버리구 그랬으믄 그 아이가 어찌 성한 사람으루 자랐을 껴. 작은
아이가 크면서 속 썩이면 큰아이들 떨어져서 혼자 남은 거 후회했을
테지. 근디 여태까지는 그런 것이 읎으니께 후회 안 들어. 다 잘 된
거여.

단지 마음에 걸리는 것이 있다믄 큰아이들이랑 작은아이 사이가

118

좋지 못혀. 만나긴 혀두 좋아허지를 않어. 싫어하는 게 정한 이치지만 내 맘이 불편허지. 저것들이 사이좋게 오가는 거 보믄 좋을 텐디 그렇게 서로 왕래두 읎구 남처럼 지내니께 그것이 마음에 걸려. 즈그 아배가 애들끼리 등 돌리구 살까봐 죽으면서두 걱정했는디 나두 걱정이여. 저것들이 저러구 영 사이좋게 지내지 못허면 나두 죽을 때까지 맘이 불편할 꺼여. 나 죽기 전에 화해하구 다녀야 허는디, 모르겠어.

동무 집에서 나올 때는 옷 탈탈 털어야 헌다

우리 작은손주가 다섯 살 때부터 넘의 집 다니며 놀기 시작했그든. 동무 하나 데리구 와서 놀러 간다구 그려. 그러믄 내가 가가방 하니께 과자 한 봉지씩 들려 줘 보내면서 그랬어.

"너 동무 집에서 놀다가 올 때는 어뚷 허냐면 마당에 나와서 옷 탈탈 털어야 헌다. 그냥 오면 귀신 따라온다. 그냥 오면 할무니가 너 밥 못 먹게 할 테니께 탈탈 털구 나와라."

어려서부터 그릏게 시켰어.

"너 그 집이서 뭐 들구 나오면 귀신이 따라붙어서 죽어. 가지구 놀던 거 꼭 그 자리에 놓구 오구, 넘의 애들 뭐 먹는 거 쳐다보지 말구 그거 한입 달라구 그래두 큰일 난다. 너 그런 거 얻어먹구 다니믄 먹구 체해서 죽어."

그러니 어디 갔다 오믄 묻지 않아두 지가 먼저 그 소리혀.

"할무니, 할무니가 하라는 대루 다 했시유. 신두 탈탈 털어서 신구 옷두 탈탈 털었시유. 근디 그 집 아줌니가 그릏 허지 말라구 혼내던 걸유."

"괜찮다. 그 아줌니가 또 뭐라 그러면 할무니가 그릏게 허라구 시

120

켰다 그래라."

하루는 그 집 아줌니가 오더니 그 소리혀.

"아이가 왜 우리 집에만 오믄 그릏게 옷이구 신이구 머리구 그러구 탈탈 털어 댄대유. 대체 그거 왜 그런 거래유?"

"나쁜 거 아니니 걱정 말게. 넘의 집에 갔다 올 때 아무것두 들구 오지 말라구, 그것부터 시키는 게여."

그릏게 가르쳤어. 아주 넘의 집 것은 하나도 몸에 붙이구 오지 말라는 소리여.

에미두 읎어 애비두 읎어, 그런 게 어떻게 될 줄 알아. 천지지간에 할매허구 지허구 똑 떨어졌는디 걔가 타락혀두 말 한 마디 붙들어 줄 사람이 읎단 말이여. 일가친척이라두 누구 있간, 하나 읎지. 서산 우리 집서 일가친척들 사시는 친정 마을 해미까지 몇 리 되려나. 한 삼십 리 되지 싶네. 삼십 리를 가야 겨우 친척들 있는디, 가까운 친척이 아니니 낯짝두 모르구 산단 말이여. 부모가 뭘 허면 자슥은 그대루 보구 배우그든. 나는 넘의 돈 십 원 한 장 떼어먹은 적 읎구 공 것두 먹은 적 읎어. 특히나 손주 키우는 동안은 그 집이서 백 원어치 가져 오믄 난 천 원어치 보내야 혀. 아이 보는 앞에서 그릏게 해 놨으니께 지금두 우리 손주는 넘의 집에 가서 뭐 얻어먹구 앉아 있으면 불편하다 그려.

백 원 이백 원 열 번이면 천 원 이천 원이여

큰아이들두 넉넉허게는 못 키웠을 테지, 가즌 것이 읊으니께. 그래두 그 아이들은 즈그 어매가 끼구 키워서 내 맘에 그리 걸리는 것은 읊어. 근디 작은아이는 생각허면 가슴 아퍼. 두 살 먹어 애비 떨어지구 세 살 먹어 에미 떨어지구 무식한 할매가 제대루 가르치지두 못허구 잘 멕이지두 못허구. 또 사는 게 힘드니께 아이 비위 맞춰 주구 그러는 거 못 혔어. 지금 개가 스물일곱인디 클 적에 참 많이 맞었네, 나헌테. 해 달라는 거 제대루 해 줘 본 적두 읊구. 마음은 해 주구 싶지, 해 주구 싶어. 근디 가즌 것이 있어야 해 주지. 개 국민핵교 다닐 때여, 한번은 오더니 그러는 거여.

"할무니 돈 삼백 원만 좀 줘유. 한달에 삼백 원이면 하루에 우유 하나 먹는대유."

핵교에서 급식 먹는디 우리 손주는 형편이 힘드니께 깎아 준 거 같어. 그니께 삼백 원이믄 한달을 먹는다 그랬겠지. 근디 내가 그거를 안 줬어. 핵교 월사금 내야지, 옷 사 입혀야 돈 들어갈 곳은 많은디 장사가 안 되니께. 작은 가가방 뻔하잖어. 그래 삼백 원도 여유가 안 돌았다구.

122

"백 원 이백 원 열 번이면 천 원 이천 원이여. 그릏게 큰돈 맨들어서 너 잠바 같은 거 사야 헌다." 그러구 우유 값 삼백 원을 안 줬어.

그릏게 가르치니 걔는 지금두 그 소리혀. 할무니가 옳다구, 백 원 열 번이믄 천 원이라구, 할무니 말씀이 다 옳다구.

할무니 집의 애들은 워쩌 그렇게 착하대유

무식한 할매가 키웠어두 공부두 잘 혔어. 나헌테 감 갖다 주구 호박두 갖다 주구 그러는 아주매 있그든. 그 아주매 신랑이 소사였어. 그 집 아들이 삼형젠디 둘째가 우리 손주허구 동창이란 말이여. 국민핵교 들어가구 얼마 되지 않아선디, 가만 보니께 우리 손주는 글을 몰러. 근디 그 집 아이들은 글을 척척 읽는단 말이여. 속상허데, 아주 속상혀. 무식한 할매가 아이두 까막눈 만드는구나 싶구. 생각허다가 내가 가가방 할 때니께 우리 손주랑 그 집 아이랑 과자 한 봉지씩 들려서 그 집으루 보냈어. 아주 한동안을 그러구 보냈단 말이여. 그러니께 그 양반이 글 가르쳐 주데. 그분 아들하구 함께 데리구 앉아서 글을 가르쳐. 그릏 해서 걔가 한글 깨친 거여. 아주 나는 까막눈될까 봐 걱정혔어.

아이가 너무 착혀서 나 힘들게 안 혔어. 내가 늙었으니께 그 아이가 속 썩이믄 힘들어서 끝내 키우지두 못했을 꺼여. 근디 나헌테 의지가 되구 힘이 되면 되었지, 속 썩인 적은 읎어. 가즌 거 읎이 자라두 투정헐 줄 모르구 불평헐 줄 모르구, 남의 것 탐헐 줄두 몰렀어. 시골은 과일나무며 고구마밭이며 지천에 널렸잖어. 그릏게 먹을 거 읎어

124

두 어디 남의 나무 앞, 남의 밭 앞에 가서 기웃거리지두 않았구, 밤 하나 감 하나 안 따 먹었어. 누가 갖다 주면 먹구 아님 말구 그러지, 가서 제 손으루 따 오구 그러지는 않았어. 핵교 끝나면 놀지두 않구 집에 와서 할무니 일 돕는다구 청소하구 가가방 정리해 주구 그랬지. 동무들이랑 싸우구 두들겨 패 주구 그런 것두 읎었어. 아이가 그렇게 착허구 성실허니께 동네 사람들이 다들 우리 손주는 아무 데나 갖다 놔두 산다구 그랬어. 교회에서두 그냥 중신해 준다구 그래 쌓는 사람들 많았지.

우리 아들딸두 어릴 적에 참 착혔어. 걔들 키울 때두 가즌 것이 읎으니께 뭐 제대루 멕이지를 못허지. 시골은 밤나무, 감나무, 호두나무 있는 집이 많그든. 거기 열매 달리면 아이구 으른이구 매달려서 따 먹느라 신났지 아주. 근디 우리 아이들은 잘 못 멕여 키웠어두 그거 하나 안 따 먹구 컸어. 핵교 마치구 오면서 바른길, 좋은 길 두구 산길루 다녀. 왜 그러냐 허면 산길루 오면서 가을이면 산밤 주워 오구, 산에 있는 것은 주인이 읎으니께 주워 오는 게여. 그것두 지들이 먼저는 안 먹어. 그때 내가 친정어무니 모시구 살 때니께 지들이 안 먹구 꼭 할무니 잡수라구 갖다 드리구. 또 산머루 새카만 거 있어, 그거 따서 도시락에 넣어 가구. 봄 나면 고사리, 취나물 같은 거, 일러 주지두 않았는디 할무니가 뜯어 놓은 거 보구서 뜯어 오는 거여. 그때는 비닐봉다리 읎으니께 책보, 지금마냥 책가방이 아니구 책보여. 보재기에 책 놓구 꼭꼭 접어서 허리에 매구 다니구 어깨에 걸치구 다니구 그랬어. 그르니께 나물 뜯으믄 책보에다가 나물 싸서 들구 오구.

넘의 아이들하구 싸우구 그룽 한 적두 읎어. 내가 가가방 할 때 우리 옆에 가가방이 하나 더 있었그든. 그 집 아이들이 우리 아들딸허구 친구였어. 두 집 다 가가방하구, 두 집 다 나이 비슷한 어린애들 키우구 살았어두 나두 그 집 아줌니, 아저씨랑 얼굴 붉힌 적 읎구 우리 아들딸두 그 집 아이들이랑 싸우구 뭐 그룽 허지 않았어. 그러다가 이제 그 집 아이들두 이 동네서 혼인허구 아이 낳구 살구, 우리 아들은 죽었지만 우리 아들이 낳아 놓은 애 내가 키우며 살았지. 그러니 우리 손주랑 그 집 손주랑 또 동무가 된 거여. 거참 기맥힌 인연이여. 근디 그 아이들두 즈이들끼리 한 번 싸우지를 않으며 자랐어. 동네 분들이 다들 그러셔. 워찌 가르쳐서 할무니 집의 애들은 다들 그룽게 착허냐구 그 소리 안 하는 분이 읎어.

할무니, 어이 정신 챙기세유

 나 손주 키우며 살 때 칼 맞아 죽을 뻔한 적두 있네. 그 얘기 해 줄까?

 그것 때문에 지금껏 나는 칼은 넘들 모르는 곳에 숨겨 뒤. 부엌에 안 둔다구. 그때가 한 칠십 먹었을 땐가 그런 거 같은디 그때두 장사 혔그든. 담배 장사두 허구, 핵교가 바로 옆이니께 가가방두 하구 그럴 때여. 그때부터 지금까지 우리 집에 자주 오는 어매 하나 있그든. 그때 그 어매 신랑이 병들어서 신랑이랑 한방에서 안 잤어. 옛날에는 한쪽이 병들면 같은 방에서 잠 안 잤그든. 그러니 그 어매는 우리 집에 와서 자구 가기두 혔어. 집에 가두 신랑이랑 잠자지는 않으니께. 그날은 궂은비가 축축허게 와. 축축허니께 불 때구 우리 손주 데리구 있는디 여덟 시가 되두 그 어매가 안 오네? 그래 오늘은 안 오나 부다 싶어서 문을 꽁꽁 잠궜어. 한 아홉 시 됐나? 그 어매가 왔네. 손주가 가서 문 열어 줬어. 밖은 아주 춥지. 그 어매는 추운 데서 왔다구 두꺼운 요 깔아 덮어 주구, 나는 얇은 놈 깔구 덮구 그러구 누워서 얘기허며 놀았어. 그러다 열 시 조금 넘어서 잠든 거 같애. 느닷읍이 호청문이 열리면서 후다닥 후다닥 소리가 들리는 거여. 손주가 그 어매

올 때 문 열어 주구 잠그지를 않은 거여.

'아, 저수장에 오는 놈들이 호청에 들어와서 술 훔쳐 먹는구나.'

그렇게 생각허구선 가만있었어. 내가 기운이 읎으니께 장정들을 당헐 수는 읎잖아. 술 몇 병 훔쳐 먹겠구나 허구 그냥 있었지. 근디 난 왜 그때 기침이 나온대? 콕콕 기침을 허니께 느닷읎이 문이 확 열려. 문을 확 열어젖히더니 뻘건 불하구 사람하구 같이 들어와. 내가 왁 허구 소리 지르며 나자빠졌어. 벌렁 나자빠지니께 칼을 요기 요기 목 아래 움푹 들어간 거기에다 쑥 갖다 들이대구선 이러는 거여.

"돈 돈 돈 돈!"

"아이구 나 살려 줘요. 나 돈 읎어요. 나 살려 줘요."

그날 가가방 물건 해 오려구 빌려 온 돈이 한 사십만 원 있었어. 그 어매가 아랫목에서 잤는디 거기 발치에 사십만 원을 뒀그든. 그 어매 발치에 돈 사십만 원 넣어 이불루 덮어 놨단 말이여. 그러구 난 윗목에서 잔 거여. 그래 그 돈 내줬지. 그랬드니 소리 지르지 말구 돈 더 내놓으래. "돈 읎어유. 그것두 물건 해 올려구 빌려 온 돈이에유. 저기 골방에 담배밖에 읎어유."

그때 담배 한 갑에 십 원할 땐디, 사십만 원 뺏어 가구 담배랑 술두 다 들구 갔어. 그놈들이 그거 들구 나가면서 문을 열어 놓구 갔그든. 겨울이니께 얼마나 추워. 방으루 눈이 막 들어오지. 그런디 덜덜덜 떨려서 일어설 수가 있간? 문두 못 닫구 그 어매랑 둘이 마주 보구 엎드려서 그냥 덜덜 떨구 있었어. 그러니께 우리 손주가 일어나. 내가 깜짝 놀래서 그랬어.

"이눔 새끼야, 칼루 찔러 죽이면 워쩔려 그러냐, 가만있어라. 나가

128

지 말어라."

그래두 아무룽지두 않게 나가더니 문 닫구 들어와. 시계를 보니께 그때가 새벽 세 시 반이여. 아주 그 어매랑 나는 이가 턱턱 부딪히구 말두 못 허겄어. 그러구 앉어서 덜덜 떨구 네 시 넘어서, 이제 다섯 시째 들어가는디 반장네 찾아갔어. 설설 기다시피 갔다구, 반장 집까지. 문 열어 달라 그래서 반장 데리구 집에 왔지. 반장 데리구 구석구석 보니께, 그때는 쥐가 파먹는다구 곡식들을 다 자루 같은 데다 꿰달아서 천장에 매달아 놨그든? 그런 것까지 하나 안 남기구 다 가져간 거여, 그눔들이. 다 털어서 방으루 하나 가득 어질러 놓구. 순경 불렀으니께 금방 왔어. 방바닥 가리키면서 여기 누가 밟았냐구 묻데. 그놈들이 밟았다구 혔지. 그 소리 떨어지기 무섭게 경찰 하나가, 방바닥에 뭔 가루를 휙 뿌리구 싹싹 문질러. 그르니께 내 손 찍은 거까지 다 나오데? 그렇게 검사하구 갔어.

2월에 그랬는디 5월에 잡았으니께 몇 달 만이여? 두서너 달 지난 거여? 당진에서 늙은 할매 강탈하다 붙잡혀 왔어. 순경이 그눔들을 수갑 채우구 차에다 싣구 와서 내리는디 세상에 나는 무서워서 못살어. 이가 탁탁탁 떨려. 하도 떠니께 곱실허게 생긴 어린 순경이 나를 붙들데.

"할무니 이러시믄 할무니가 먼저 죽어유. 어이 정신 챙기세유."

본래 범인 잡아 오믄 그날 도둑질헌 거 똑같이 다시 해 보라구 하남? 그놈들헌테 나무로 만든 칼 들려 주면서 도둑질허던 날 밤처럼 나 찌르는 시늉허라는 겨. 아이구 나 살리라구 아주 막 울었어. 그 순경이 내 양손 꼭 붙들구선 그렇게 했지.

그날 네 놈이 잡혀 들어왔는디 뭐 되찾을 수나 있간? 아무것도 읊는 놈들, 핵교 다니는 놈들이었다니께. 고등핵교 학상, 중핵교 학상 둘이 잡혀 왔으니께 그거 뭐 혀? 되찾긴 그른 게여. 그놈들 아주 생전 장가두 못 가게 낯짝에다가 먹줄을 그어 놓으라 그렸어. 옛날엔 도둑놈들헌테 그렇게 혔그든.

그러구 나니께 또 심장이 막 뛰어. 그 어매두 그렇다 그려, 아주 죽겠다구. 약이라두 먹지 않으믄 못살 것 같어. 그 어매두 그렇구 나두 그렇구 약 사 먹을 돈이 있간? 콩 한 말 메주 쒀 놨는디 그 어매랑 메주 세 덩어리 들구 서산 시내 나가서 약이랑 바꿔 먹었어.

사람이 자기 말 속에 악을 가지믄 못써

그렇게 가즌 것이 읎었어. 약 한 재 지어 먹을 돈이 읎었단 말이여. 즈그 아배 어매가 전 재산 홀딱 날리구 가 버렸으니께 나는 땡전 한 푼 읎지. 아무것두 읎으니께 할매가 손주 중핵교두 안 보내려 그랬어. 국민핵교 가르쳐서 서비스 공장, 차 고치는 공장에 넣으려 그랬어. 그랬더니 이눔이 아주 울어 싸면서 공장 안 간다 그려. 중핵교 보내 달라는 거여. 못 보내 줄 꺼 겨우 어떻게 보냈어. 핵교 선상님들두 와서 중핵교는 보내야 헌다구, 꼭 보내라구 그려. 중핵교는 멀지 않으니께 자취방 얻지 않어두 집에서 다닐 수 있구, 월사금두 많지 않으니께 겨우겨우 보냈지. 중핵교만 졸업허구서 핵교는 그만둬라, 그랬다구.

중핵교 가서 한번은 그때가 3학년 땐가…… 아니다, 2학년 때구만. 2학년 때여. 핵교 갔다가 들어오더니

"할무니 나 봉투 좀 하나 줘유."

"봉투는 왜?"

"준철이가 도토리 주우러 간다는디 같이 가려구유. 그거 주워서 학교에 갖다 주면 책 사 보게 돈두 준다 그러네유."

131

"너 산에 가서 도토리만 따여 헌다. 넘의 집 감 따는 데 따라가면 안 된다."

"안 가유, 지 감 따는 데는 안 가유."

봉투 하나 들려 보내구 저녁 허는디 금방 애들 소리가 들리는 거 같애. 이상한 소리가 들려. 대문간에 나와서 내려다보니께, 집 짓구 이사 온 집이 하나 있었그든. 근디 그 집 여자가 아주 개욱개욱 허며 야단났네. 우리 손주하구 도토리 줍는다구 함께 나간 쬐깐한 아이들이 막 뛰어 내려오구. 요놈의 새끼들 감 따 먹었구나 싶어 모르는 척 허구 들어왔어. 들어가서 저녁상 다 차리니께 손주놈 들어왔네. 소리지르면 도망갈 테니께 아무 소리두 안 했어.

"들어가 먹어라, 밥 다 했으니께 얼른 들어가."

"그리유, 할무니, 세수하구서 들어갈께유."

밥 먹으라 그러면 말 떨어지기 무섭게 밥상머리 와 앉던 아이가 안 들어가데. 감나무집 주인 여자가 뭐라 그렸는지 아이가 아주 새파랗게 질렸어. 그거 보니께 속상허지. 내가 그릏게 남의 집 것 들구 오지 말라 그렸는디 아이가 감 따다 잡혀서 쬐껴 오니께 아주 속상혀. 시골에는 과실나무 한 그루 읎는 집이 읎으니께 그저 지나다가 열매 보이면 따 먹구 그러지. 그르니 어린아이들이 넘의 집 감 몇 개 따는 것이 뭐 흉이간? 아이들이 게우 대여섯 개씩 따서 간식 삼아 먹는 것이니께 그것이 흉은 아니여. 근디 내가 아이 잘 멕이지두 못허면서 넘의 집 과실 못 따 먹게 헌 것은, 다른 아이들이 그러면 그냥 아이들이 감 서리한 것이지만 우리 아이가 그러면 에미, 애비 읎이 커서 배운거 읎어 그런다는 소리헌단 말이여. 사람 눈이 그런 것이그든. 아주

132

얼마나 속상혀. 그래 막대기 하나, 너무 굵은 놈 말구 어지간한 놈 그런 놈 쪼개서 들구 들어갔어. 아이 밥 먹는 거 세워 놓구 종아리 싹싹 갈겼지.

"아이구 할무니 지는 안 따 먹었시유. 아무개가 물랭이 하나 먹자 그래서 따라간기유. 지는 안 따 먹었시유. 용서해 주세유."

그러구 아이 종아리 치구 있는디 감나무 주인 여자가 왔어. 와서 헌다는 소리가

"요놈의 새끼들 내일 지서루 데리구 갈 테니 도망가지 못허게 꼭 붙들어 둬유. 버르쟁머리를 고쳐 놔야지 그냥 두면 안 돼."

그러면서 애를 톡톡 때려. 넘의 여편네가 아이 그렇게 톡톡 때려두 말리지두 않았어. 아이는 나헌테 맞아서 벌써 놀랬는디, 지서루 데리구 간다니께 겁날 테지. 아주 새파랗게 죽어서 말두 한 마디 못 허구 가만 서 있는 거여. 워찌된 일인지는 말해 줘야지. 그래 내가 그랬어.

"아이들이 넷이서 도토리 줍는다구 나갔는디 가다가 배고프니께 그런 게여. 두 애가 나무 올라가서 흔들구 애는 아무개허구 둘이 감 서리 안 허겠다구 밑에 있었다네. 그러니 나무 올라간 애들이 그럼 느이들은 밑에서 주우라 그래서 그거 주워 개들 다 줬대. 우리 애는 물랭이 하나 먹었다 그러네. 개들이 다 들구 가구 우리 애랑 아무개 랑은 옆에 있다가 물랭이 하나씩 은어먹었대."

그런디 이 여편네 한다는 소리가 가관이여.

"할무니는 가만 계세유. 이런 도둑놈의 새끼들은 버르쟁머리를 뜯어고쳐야 된다니께유."

아이 때리던 막대기 내려놓구서 내가 그렸어.

"말을 혀두 그릏게 하면 못쓰네. 자네두 자식 키우는디 도둑놈이 뭣인가. 어린아이들이 배고파 감 몇 개 따 먹은 것을 갖구 도둑놈의 새끼가 뭣이여. 그게 어린아이헌테 헐 소린가. 버르쟁머리 고치더라두 말조심허게."

그래두 잘못했다구는 안 혀. 아주 모가지에 핏대꺼지 퍼릏게 세우며 지럴을 허는 거여.

"헐 수 읎네. 어찌됐든 자네 집 감나무니께 맘대루 허게."

당장 애를 감옥에 처넣을 것처럼 지럴허더니 맘대루 허라니께 그제야 숨이 가라앉어.

"내일 아침 일찍 올 테니께 애 붙들어 둬유."

아 붙들어 두지 않으면 어린애가 어디를 가낭? 그릏게 떠들구 가드니 다음날은 오지두 않어. 나는 그 일을 잊구 살었그든. 근디 요전에 나 다쳐서 손주가 왔어. 애는 왔는디 집에 줄 것이 읎으니께 물랭이 몇 개 갖다 줬그든.

"올해는 물랭이가 맛이 읎다. 다 물러 터져서 맛이 읎어. 비가 많이 와서 그른가 부다. 밥 될 때까지 이거 먹구 있어라."

근디 애가 안 먹어. 자꾸 먹으라구, 왜 안 먹냐구 그랬드니 그 소리 허데. 여태까지 그 소리 안 하더니 그 뒤루부터 물랭이 안 먹는대. 제사를 혀두 물랭이는 안 갖다 놓는다는 겨. 그것이 중핵교 2학년 때니께 몇 살 때여? 열다섯이여? 그럼 십 년이 더 지났는디 여즉 감을 안 먹는대. 아이가 그릏게 독한 데가 있어. 그 소리 들으니께 내 맴이 안 좋데. 그거 참 할매 손에 불쌍허게 커서, 아배 일찍 세상 떴어두 에미라두 있었으면 더 잘 키웠을 텐데 싶구. 그 감나무 집 여자는 온 동네 아이들 도둑놈 만들구 그 난리를 치드니 좋지 않데. 딸을 일곱을 낳구 아들 하나 낳았는디 개가 오토바이두 훔쳐 팔구 공부두 못해. 사람이 무슨 말이든 말헐 때, 자기 말 속에 악을 가지믄 못써. 항시 앞을 내다보구 말혀야지. 자식 키우구 사는 사람들이 넘의 자식 두구 악담허면 그대루 돌려받는 거여.

할무니, 죽을 죄를 졌네유. 지 시험 치르구 왔시유

참 개 고등핵교 보낸 것두 평범치가 않었어. 나는 고등핵교는 생각두 안 혔어. 가즌 것이 있어야 고등핵교를 보낼 것 아니여. 고등핵교 보낼라믄 서산 시내 방두 얻어 줘야 허는디 방 얻을 돈이 어디 있간? 방만 얻어 주믄 굶구 사남? 그것이 다 돈인디 돈이 읎으니 못 보내지. 나는 내심 고등핵교는 못 보내겄구나 맘먹구 있었어. 보내구 싶은 맘이야 간절허지만서두 가즌 게 읎으니께 못 보내지 싶었다구.

한번은 개 중핵교 졸업할 때쯤 됐는디 핵교 갔다가 여섯 시면 집에 들어오그든. 동무들이랑 공부허구 운동허구 그러구 여섯 시면 들어오는디 그날은 안 들어와. 그때는 전화두 읎었으니께 어디 전화두 못 넣어 보구 기다렸지. 아이가 그런 적이 읎는디 안 들어오니께 나는 집에 앉아서 아주 안절부절이지. 맹추모냥 가만 앉아서 기다리자니 아주 애가 탈 일이여. 애가 어디 산길에 오다가 나쁜 눔들헌테 붙들려 죽었나 싶구 별생각이 다 들지. 그러구 있는디 열 시, 열한 시 조금 안 됐어. 어디서 바스락바스락 소리가 나네. 가만 앉아 있으니께 문을 콩콩 두드려. 전에 도둑맞은 적 있으니께 그것이 도둑인지 손준지 어찌 알간? 밤늦었으니께 문 못 열어 주구 가만있었어. 꼼짝 못허

136

구 이불 뒤집어쓰구 있는디 "할매, 할매!" 허구 불러. 근디 목소리가 평시 목소리가 아니여. 아주 죽어 가네, 죽어 가. 그래 그 소리 듣구, 아이구 누가 죽도록 두들겨 패 놓구 내다 버리니께 아이가 살아서 기어 오는가 보다 싶어. 냅따 이불 던지구 뛰어나갔지. 문 열구 나가자마자 할매 붙들구 울어 싸.

"괜찮다, 집에 왔으니 이제 괜찮다. 얼른 들어가자."

그러구 아이 데리구 방에 들어왔어. 아랫목에 넣구 아이 얼굴을 보니께 아주 땀을 쪼옥 흘린 게여. 발은 벌겋게 부르트구 까지구 전쟁난 군인마냥 그러구 왔어.

"너 누가 이랬냐?"

"할무니, 배고파유."

대답두 못 허구 허기가 져서 아이가 꼬꾸라질라 그러네. 아랫목에 아이 밥 한 그릇 넣어 뒀던 거 끄내 먹였어. 잘 먹지두 못혀. 겨우 허기나 좀 채워서 다시 물었지, 누가 그랬냐구. 아 그랬드니 멀쩡히 밥 먹던 눔이 또 꺼억꺼억 울어 싸.

"할무니, 죽을 죄를 졌네유."

암만 해두 이상허단 말이여. 괜찮으니께 말하라구 그랬어.

"할무니, 시험 치르구 왔시유."

할매한테 말 안 허구 고등핵교 시험 치르구 왔다는 거여. 친구헌테 돈 빌려서 갈 때는 차 타구 가구 올 때는 걸어왔대. 어디서부터 걸었다더라, 예산? 예산부터 걸어왔다는 거 같애. 그 말 들으니께 정신이 읎어, 아니 뭘루 가르칠 꺼여.

"아이구, 이눔아 할무니 죽일라구 너 그른 거냐?"

137

"교복이나 한 벌 맞춰 주시구 첫 월사금만 주시믄 그 다음엔 지가 아르바이트 해서 벌어 댈 께유."

그거 말린다구 들었어? 그래 합격자 발표나 기다려 보자 혔어. 그러구 와서 얼마 되지두 않은 거 같애. 하루는 애가 핵교 마치구 들어오더니 "아이구 할무니 저 붙었다네유. 논산기술핵교 붙었대유." 하는 거여.

누가 가르쳐 주지두 않았는디 혼자 시험 치르구 시험 떡 붙어 온 거여. 참 기특허구 대견허지. 나두 꼭 보내구 싶어. 손주라구 그거 하나 남은 거 고등핵교는 가르치구 싶지. 그룷지만 가즌 것이 읎으니께 나는 그날부터 걱정하는 거여. 아이 공부시킬 걱정허는 거지.

"첫 번 등록금만 해 주세유. 다음부터는 지가 알아서 할끼유."

그룷게 공부하구 싶어하는 애 핵교 못 가게 하믄 화병 나 죽겠구나 싶어. 가르치자 생각허구 일숫돈 얻었지. 돈이 읎으니 일숫돈이라두 얻어야 워쩧혀. 일숫돈 얻어서 교복 맞춰 입히구 등록금 냈어. 그룷게 해 주니께 지가 어떻게 기숙사 들어가게 만들어 놓구 아르바이트 할 곳두 정해 놨어. 이제 입학식한 이레 전에 핵교 들어가기만 허면 되는디, 근디 거참 또 걱정이 생기네. 아이가 집 떠나 핵교를 다녀야 하니께 짐이 있을 꺼 아니여. 기숙사에 갖다 놓구 지가 쓸 짐들이 있단 말이여. 다른 아이들은 부모들이 차에 짐 실어서 아이 데려다 주구 오는디 우리 아이는 데리구 갈 사람이 읎단 말이여. 나는 그때 벌써 허리 꼬부라져서 차 못 탔어. 어찌 차 탄다 혀두 아이 데려다 주구 혼자 집 찾아올 재주가 있간? 글을 모르니께 못 찾아온단 말이여. 그러니 거참 큰일이여. 가만 생각허다 서울 있는 큰손자들헌테 전화혔

어. 말허자면 배다른 형이지. 안 오겠다구 할 테지 허면서두 달리 연줄 넣을 곳이 읎으니 전화한 거그든. 암만 배다른 형제라 혀두 참 넘들에 비할 것이 아니여. 전화 한 통에 득달같이 달려왔어. 셋째가 차 가지구 내려온 거여. 그래 개가 짐 실어서 논산으루 데리구 나갔어.

나중에 듣자 허니 논산핵교에다 내려 주구 돈두 쥐어 줬다 그러대, 형이 동생헌테. 교복두 사 줬다지. 여그서 내가 돈 얻어서 교복 사 줬는디 형이 또 사 주드래. 또 거그 논산핵교에 셋째 고등핵교 때 담임 선상님이 계시드래. 그래 인사 드리구 얘가 내 동생이라구 인사시키구 그랬다구 얘기혀.

그 얘기 듣구 내가 울었어. 그래두 동생이 고등핵교 간다구 서울서 일부러 내려온 것이 고맙구, 즈이들 형편두 좋지 못할 텐디 교복이라두 사 입히구 그러는 것이 고마워서 울었어. 참 저 아이들이 의좋게 오가며 지내면 내가 죽어두 맘이 편할 텐데 싶어. 나 죽으면 작은손주는 아주 저 혼자 똑 떨어지는 것이니께 형들이 돌봐 주면 그거 참 좋겠다 싶은 거여. 작은손주는 그때 그러구 나가서 지금껏 객지 생활 허는 거여.

세상에 하느님이구 부처님이구 다 싫어

　우리 손주 논산기술핵교서는 기숙사 살면서 수업 마치면 아르바이트를 혔어. 처음에는 삼십만 원씩인지 벌었어. 몇 달 지나면 조금씩 급여를 올려 주그든. 그러니 얼만큼 지나구부터는 오십만 원씩 받구. 또 더 주겠다는 곳이 있으면 그리루 옮기구 그러면서 3년을 저 쓰는 만큼은 번 거여. 내가 가즌 것이 몇 푼이라두 있으면 아이 그런 거 시키지 않지. 친구들은 엄마가 해 주는 뜨뜻한 밥 먹구 공부만 허는디, 우리 손주는 핵교 밥 얻어먹으며 돈벌이허구. 생각허면 가슴 아퍼. 아르바이트허다가 애 잡을 뻔한 적두 있어.

　3학년 올라가서는 논산 시내 식당에서 배달을 혔어. 그날두 핵교 갔다가 식당에 가니께 다섯 시더라. 고등핵교 3학년이믄 나이 열아홉이잖어. 열아홉이믄 장정인디 그 시간이믄 배고플 테지. 핵교에서 점심 주는 거 쬐끔 먹은 게 전분디 다섯 시믄 배고프지. 밥 좀 얻어먹었으믄 싶은디 식당 주인이 밥 먹으라는 소리를 안 하더라는구만. 아주 배는 고퍼 죽겠는디 수금해 오라구 시키드랴. 돌솥밥이 뭐여? 그거 그릇 찾아오라구 내보내드라는 거여. 시키는 대루 돌솥밥 그릇 찾으러 갔는디 손님이 조금 남긴 모양이여. 그래 이눔이 배고프니께 옥

141

상에 올라가서 손님이 남긴 걸 먹었다 그려. 고등핵교 때, 너무 배고
프니께 넘이 먹구 버린 것을 추운 옥상에 올라가서 먹었대.

하느님이구 부처님이구 실제 있다구 믿지 못할 것이 인제 옥상에
올라가서 손님이 남긴 돌솥밥을 먹구서 식당에 들어오는디, 뭔 일이
여? 오토바이 탄 넘허구 택시허구 부딪친 거여. 오토바이 탄 놈이 우
리 손주지. 스무 살두 안 먹은 아이가 손님이 남긴 찬밥댕이 먹구 수
금 다니다가 교통사고 난 거여. 하느님이구 부처님이구 실재헌다믄
어디 그런 일이 생기겄는가. 그거 불쌍허구 안쓰러워서 어찌 그런 일
을 만들어. 그런 거 보믄 하느님이구 부처님이구 다 읎어.

우리 손주놈이 눈뜨니께 아침 아홉 시, 병원이드랴. 식당 쥔이 침
대 옆에 와 섰구. 깼는디 바루 움직이지를 못하겠더래. 발이 가장 아
프구 다른 데두 아팠겄지. 택시허구 들이받었는데 몸땡이 사방이 다
아팠을 테지. 쥔한테 움직이지를 못허겄다구 나 왜 이러냐구 물으니
께 너 죽을 거 살아났다구, 네 시간 만에 깬 거라구 하더라는 겨. 새
끼발가락 있는 데 다 깨졌으니께 움직이지 말라는 소리두 허구.

그렇게 다치구서는 치료비 한 푼 못 받았어. 식당서 일한 거 그거
돈 찾어서 치료비 지 돈으루 물구 나왔어. 택시 기사헌테 받지두 못
허구. 뭐 알어야 돈을 받어 오지. 손주놈이 어리니께, 거그다 부모 형
제두 읎다구 하니께 그놈들이 안 줘두 되겄다 싶었을 테지. 그 당시
에 나는 걔가 그렇게 다친 것두 몰렀어. 내가 알었어두 별수 읎었겄
지. 우리 손주두 그렇게 생각을 헸으니께 나헌테 말을 안 했을 테구.
도와주지두 못허면서 할무니 마음만 아프겄으니께 말을 안 한 모양
이여.

142

그전에, 그니께 교통사고 나기 전이여. 우리 손주가 핵교 마치기두 전에 취직이 됐그든. 8월 달, 8월 스무나흘 날 회사에 첫 출근을 해야 헌다면서 출근허기 전까지 돈벌이 좀 더 한다구 그려. 그래 식당일을 계속 헌 거지. 그러느라 집에는 통 못 왔어. 근디 이눔이 4월 할무니 생신에는 집에 온다구 그렸어. 쭈욱 할머니 생신에는 집에 가겠다는 소리혔단 말이여. 논산핵교 가구부터 집에는 아주 못 왔지. 내가 월사금을 제대로 못 주니께 지가 돈 버느라 못 왔지. 토요일, 일요일에는 아침부터 가서 일했으니께 할무니 보러 올 시간이 읎지. 그저 전화만 일주일에 세 번, 네 번 오는 거여. 그러니 나는 아이가 보구 싶지. 내 생일 가까워 오니께 더 보구 싶어져. 걔가 할무니 생신에 온다구 한 소리만 종일 생각나면서 점점 보구 싶어지는 거여. 그래 하루는 내 생일 며칠 안 남기구 전화 왔는디 내가 물었어.

　"얘 너 올 수 있나? 어쩨 올 만허겄나?"

　"할무니, 죄송혀유. 바빠서 못 가겄네유."

　"그려 그럼. 바쁘믄 헐 수 읎지. 아픈 데는 읎냐?"

　그러구 끊는디 암만 혀두 이상헌 거여. 할무니 생신에는 꼭 온다구 허던 넘인디. 회사 들어가믄 더 오기 힘들 꺼 아녀. 내 생일에는 한 번 올 만헐 것 같은디 어찌 안 온다 그러나 싶어. 핵교에 전화를 혔어. 선상님헌테 우리 아이한테 무슨 일이 생겼냐구 여쭈니께 아이가 축구허다가 발을 다쳤다는 겨. 그래서 아마 할무니 생신 때두 못 갈 꺼라구 그러시대. 난 그런 줄만 알았어. 축구허구 놀다가 발 좀 다쳤구나 그렇게 알았다구.

　내 생일이 됐어. 우리 딸두 오구 동네 분들두 오구. 생일상 차려 놓구 노래허구 춤추구 그러구 있는디 아 갑자기 누가 소리를 냅따 지르는 겨. 저기 이 집 손주가 온다구, 이 집 손주가 나무다리 짚구서 온다구 소리를 질러. 웬일이여, 신발두 신지 못허구 뛰어나가 보니께 저그서 양쪽 팔구녕에다가 지팽이 짚구 들어오는 넘이 있는디 가만 보니 그것이 우리 손주여. 나 기함혔어 아주. 하나 남은 손주 다리병신 만든 줄 알구 기함혔다구. 먹구살기 편치 못허니께 내가 그눔헌테 남들만큼 해 준 것은 읎지만, 맘속으루는 애지중지 금댕이보다 귀히 여기는 손준디 나무다리가 웬 말이여. 아이구 말 마. 생각만 혀두 가슴이 벌렁벌렁 거리네. 옆에 보니께 식당 쥔이 따라오구 또 이 동네 사는 운전수가 있는디 그 사람이 따라왔어.

"아이구 얘 너 축구허다가 이릏게나 다쳤냐? 영영 이릏게 살아야 헌대냐?"

"아니에유, 할무니, 금방 멀쩡해져유. 걱정 말어유."

영영 그러구 사는 것은 아니라니께 한시름 놓여. 그래 우리 손주랑 식당 쥔이랑 데리구 들어와서 따뜻한 방으루 들여보내구, 운전수헌테 자네는 웬일인가 물었드니 즈이 처가가 우리 손주 일하는 식당 옆집이라는 겨. 처가에 갔다가 이 집 손주 얼굴이나 보려구 식당을 들여다보니께 애가 저릏게 다쳐 갖구 있더라구. 할무니 생신이구 하니께 자기가 데리구 온 거라 그려. 그거 참 고맙데. 그 운전수두 따뜻한 방 안에 들여보내 놨어. 그러구는 밥을 해야지. 손주 오는 줄 모르구 남은 밥은 다 꺼내 놔서 죄 식었단 말이여. 그러니 따뜻한 밥을 해 먹여야지. 쌀 씻으려구 수도꼭지 앞에 섰는디 방에서 손주랑 운전수랑 조곤조곤 이야기를 허네. 내가 못 듣는 줄 알구 즈이들끼리 이야기허는 모양이여.

"차에 치었구먼유. 배달허다가 택시에 치었어유."

나무다리 짚은 거 봤을 때두 교통사고 그런 것은 생각두 못 혔어. 축구를 어찌 험하게 했길래 저리 다쳤나 그 생각만 혔지, 교통사고는 생각두 못 혔다구. 그런데 아이 허는 말이 교통사고라는 겨. 그 소리 들으니께 막 심장이 뛰네. 내가 문 확 열구 막 다그쳤어.

"누가 그랬냐? 워쩌냐, 이를 워째. 너 이거 괜찮냐?"

"아니유, 교통사고 아니유."

이눔은 또 아니라구 우겨. 운전수가 옆에 있다 보기에 딱혔는지 이야기허데.

"얘가 죽을 것이 살았네유."

얼른 머리부터 봤어. 머리가 제일 중요허잖은가. 미친 것처럼 아이 머리를 잡구선 살폈어. 보니께 요기 요기 뒤에가 쏙 빠지구 하나두 읎어. 왕밤만허 게 구멍이 뚫렸어. 그러니 머리두 깨졌다는 얘기여. 다리만 다쳤으믄 머리카락이 왜 읎어. 눈물이 줄줄 흘러 아주. 내가 우니께 그 아픈 놈이 나를 잡구

"할무니, 괜찮어유. 이제 다 나았어유. 울지 마세유."

그러믄서 나를 달래.

쌀 씻다가 들어왔으니께 애 밥을 멕여야 허는디 가슴이 벌렁벌렁 뛰구 다리가 후들후들 떨리구 아무것두 못 허겄어. 난 젊어부터 놀래면 아무것두 못 혀. 우리 딸 보구 시켰어.

"야, 애 밥 좀 차려라. 저기 뜨거운 밥 좀 해 줘라."

근디 우리 딸은 술에 취한 거여. 즈 어매 생일이라구 한 잔씩 주는

거 받아 마시더니 포옥 취혔어.

"정신 차리구 애 밥 좀 해 줘. 불 지펴서 국 데우구 밥 해 줘라."

나는 똑바루 일어서지두 못허구 가슴만 잡구 앉아 있었어. 연신 가슴이 벌렁벌렁허지. 참 그렇게 뜨신 밥 허라구 혔는디 우리 딸이 국만 데워서 밥은 찬밥 그냥 줬어. 손주 오는 줄 모르구 솥에 불을 꺼놔서 밥이 아주 차디차. 그런 밥을 데우지두 않구 그냥 줬어. 찬밥 그냥 먹게 혔어. 오랜만에 온 아이를, 몸두 성치 않은 아이를 뜨거운 밥 한 그릇 못 멕이구 찬밥 멕여서 보냈어…….

하룻밤 재우지두 못혔는디 식당 주인이 그날루 논산 식당으루 데려갔어. 치료두 더 받아야 허구 핵교두 가야 허니께 데리구 갔지. 가서 한 보름 식당 일 쉬믄서 치료 댕겼다 그려. 물리치료허구 침 맞구. 그러다가 스무 이렛날인가 여드렛날 회사 들어간 거여.

그래두 그때 내 생일에 오면서 지가 무슨 돈이 있다구, 몇 푼씩 번 돈 할무니 뭐 사 드린다구 한 푼 두 푼 모아 뒀을 테지. 그걸루다가 할매 스웨타 사 들구 왔어. 참 암만 드러워져두 난 그것만 입었어. 다 떨어져두 연신 그것만 주워 입는 거. 할매라구 있는 것이 학비두 못 대 줘서 어린눔이 지가 돈벌이 허다 다리 다치구, 그것두 할매라구 생일날 스웨타 한 벌 사 들구 절룩거리며 온 거. 지금두 저기 옷장 안에 잘 뒀어. 그러구 와서 따뜻한 밥 한 그릇 못 먹구 간 거여, 개가. 어매가 있으믄, 즈그 어매가 있으믄 그렇게 보내지는 않았을 텐디…….

형아 자전거에 실어서 저그까지 좀 데려다 주겠니

개 군대 보낼 때두 참 많이 울었네. 교통사고 당허구 2년, 회사 2년 다니구서는 군인 갔어. 어느 날 회사서 오더니 할무니께 할 말이 있으니께 여그 좀 앉어 보시라는 겨.

"할무니 저 해군 가유."

군인 갈 날 한 두어 달 앞두구 그 말을 하는 거여. 나는 안 된다 그렸지, 바다 무섭잖어. 보통 아이들 다 가는 육군 가지, 왜 해군을 가느냔 말이여. 근디 이눔이 보리 군인은 죽어두 싫다는 거여. 넘들헌테 무슨 얘기를 들었는지 애가 주장이 강혀. 꼭 해군을 간다는 겨. 그렇게 죽어두 가겠다니까 워뚷혀? 그냥 가게 돼야지. 군인 가기 한달 전부터 집에 와 있었그든. 곧 갈 테니께 나는 가만두구 싶지. 뭐 일 시키구 그러구 싶지 않어. 근디 이눔은 또 하나라두 지가 더 하려구 그러는 겨. 할무니 힘드시다구 아침 일찍 일어나 밥허구 청소허구 가 가방 나와서 장사 돕구 그려. 그러구 있다 보니께 한달 금방이지, 금방이여.

군인 갈 날 됐네. 그런데 이눔이 아이고, 가면서 워뚷게나 우는지 저 울고 나 울고 둘이 붙들구 우는디 아주 못 참겄네. 그놈이 우느라

147

가들 못했어. 우리 손주가 친구들은 많은디, 모두들 다른 도시에 떨어져 살아. 그러니께 군인 가기 전에 미리 와서 모두 술 먹구 놀구 그랬지. 가는 날은 저 혼자 갔단 말이여. 이럴 땐 누가 손주놈 가는 데까지 자동차로 실어다 주면 좋은디 아 일가친척이 있어, 뭐가 있어. 그런 생각허니께 아주 더 서러워. 손주두 그랬을 테여. 문 열구 나가야 허는디 우느라고 나가들 못혀. 겨우 아이 데리구 대문까지는 나왔는디, 얘가 발이 안 떨어지는 모양이여. 늙은 할매 혼자 두구 가려니 저두 속이 말이 아닐 테지. 나 역시 그려. 아배 어매두 읎이 할매가 잘 해 주지두 못혔는디 그래두 착허게 잘 자라서 군인 가는구나 허니께 죽은 우리 아들 생각나구 아주 눈물 나지. 그때 동네 어린아이가 자전거 타고 요 앞을 휭 지나가. 그래 걔를 불렀어.

"형아 자전거에 실어서 저그 차 타는 데까지 좀 데려다 주겠니?"

울구 서 있는 손주놈을 띠어서 자전거에 태워 놨어. 자전거 뒤에 앉어서 정류장 가면서 연신 뒤돌아보며 우는디 아주 가슴 아퍼. 안 보일 때까지 한참을 그러구 섰다가 방에 들어왔는디 저기 저 벽에 걸린 사진 있지? 저 사진이 우리 손주여. 쟤가 군인 가기 전에 할무니 저 보구 싶을 때 사진이라도 보시라며 저렇게 맨들어서 걸어 주구 간 거여. 그 사진 보니께 더 가슴 아프지, 더 가슴 아퍼. 아이 어렸을 때 고아원에 버리려 했던 건 왜 생각나는 겨? 그 생각나니께 내가 죄인 같구 눈물 줄줄 흐르구 그룷지.

그렇게 군인을 갔는디 그저 사흘 나흘에 한 번씩 편지허구 그려. 몇 달 지났는디 포항인가 어디루 갔다구 할무니 한번 오시라 그러데? 그때 내가 눈이 어두웠어. 소경마냥 더듬구 다녔거든. 혼자 포항

148

까지 갈 재주가 읎지. 그러니 이제 동네 아주매헌테 가자구 그렸어.
쾌히 그러마 하셔. 면회날 받아 놓구 그날만 기다렸네. 근디 군인 대
장이 보니께 우리 손주가 착허구 얌전하구, 또 사정 들어 보니께 불
쌍하잖어. 그래 포항간 지 얼마 되지두 않은 아이를 대천으루 옮겨
주셨어. 대천은 서산서 멀지 않어. 전화 왔는디 그 소리하는 겨.

"할무니, 저 대천으루 옮겨 왔네유."

아이구 을매나 좋어. 아주 한달음에 음식해서 싸 들구 대천 부대루
갔어. 손주 얼굴 보구, 음식 해 간 거 먹이구 나니께 금방 면회 시간
끝나. 와야 허는디 이눔이 또 어뚷게나 우는지 당최 띠어 놓구 올 재
주가 읎어.

"그만 울어라, 고참들이 보믄 혼낸다. 할무니 또 올 테니께 어여 들
어가라."

간신히 띠어 놓구 왔어. 그러구 와서 서너 달 지나니께 보름 동안
휴가 오구, 걔는 핵교 때부터 상장두 참 많이 타 오구 허드니 군인
가서두 상 타 오구. 아, 군인 가서는 돈두 보내 줘. 많은 돈은 아니었
지만서두 한달에 얼마씩 꼬박꼬박 보내. 천 원 한 장이라도 보태지
는 못헐 망정 내가 굶어 죽는 일이 있어두 이 돈은 쓰믄 안 되지 싶
어서 다 모아 뒀다가 제대한 다음에 췄어. 말해 뭐 혀, 걔 군인 보내
놓구 마치는 날까지 연신 눈물 바람이지. 노상 저 사진만 쳐다보며
살았는디.

죽어두 좋으니께 내 눈 고쳐 줘유

근디 아이 군대 보내 놓구 나니께 눈이 점점 어두워지데. 마냥 어두워 가지구 눈이 핏덩어리모냥 그릏게 되는 거여. 아들 죽구 얼마 후부터 한쪽이 그릏게 침침해지며 안 보이기 시작허는 걸 13년을 그냥 살았어. 한쪽은 안 보인 지 그릏게 13년이나 됐지만, 한쪽은 멀쩡히 잘 보였그든. 근디 손주 군대 보내 놓구부터는 두 쪽 다 아주 보이지를 않어. 어렴풋이 뵈더니 어느 날 아주 허옇게만 보이데. 손주두 전화만 하면 그 소리혀.

"할무니 그릏게 눈이 어두워서 어떻헌대유?"

할매 혼자 사는데 뵈는 것이 읎으니 걔는 큰 걱정허는 거여. 허옇게만 보여두 평생 나 살던 집이니께 그럭저럭 살 만혀. 그냥 살았지.

그런디 이젠 아주 소경됐네? 아주 안 보여, 허옇게 보이는 것두 읎구 아주 시커매. 그래 동네 아줌니 하나 끌구 다니면서 한달 동안 밥 해 달라구 그래서 은어먹었어. 그것두 한달이지, 그 아줌니두 가족이 있는디 계속 그럴 수는 읎잖어. 그러니 할 수 있간? 돈 꿔서 눈 고쳐야지. 멀쩡하던 쪽까지 안 뵈기 시작헌 지 두어 달 지나서 병원 갔어. 의사 허는 말이 오른쪽, 그니께 안 뵈기 시작헌 지 한 두어 달 된 쪽이여. 오른쪽 눈밖에 못 고친대. 그럼 그 한쪽이라두 고쳐 달라 그렸어. 한쪽 눈만 검사를 허는디 엑스레이 찍구 컴퓨터루 뭐 찍구 엎어 놓구 젖혀 놓구 아주 별짓을 다혀. 아침부터 굶기구 그 지럴을 허니께 나는 아주 초죽음이 됐지. 그러구선 수술두 바루 안 해 주네? 나흘 있다가 전화헌다구 그때 오라는 겨. 아 집에 와 있는디 갑갑혀서 못살어. 참다 참다 못 참어서 사흘되는 날 확 전화해 버렸어. 오라 그러데. 돈 팔십만 원 찾아서 짊어지구, 동네 아주매헌테 나 돈 모자르면 돈 좀 얻어 달라구 얘기해 놓구 그러구 병원 갔지. 아픈지 어떤지두 모르구 수술을 혔네. 눈에 붕대 칭칭 감구 입원해 있는디 겁나데, 겁나. 이 길루 영영 못 보면 어쩌나 싶구 아주 겁나. 사흘 있다가 붕대 풀었그든. 붕대 풀며 의사 허는 말이 수술이 잘 됐다는 겨. 붕대 다 풀었네? 다 수술이 잘 됐으니께 얼매나 좋었어? 세상이 훤해졌어, 굉장히 좋아 아주.

안 되겠다 싶어. 뜨구 못 보나 버리구 못 보나 마찬가지 아녀? 죽으나 사나 다른 한쪽두 고쳐 달라구 우겼어. 죽어두 이쪽 눔까지 고쳐 줘야 가지 안 고쳐 주면 안 갈 테니께 그런 줄 알라구 의사 선상님헌테 막 떼를 썼어.

"할무니 이쪽은 멋모르구 고쳤는디 이쪽은 못 고쳐유. 할무니 나이 너무 많으시니께 마취두 더 못 허구, 왼쪽은 안 뵌 지 오래되서 수술해두 뵈기 힘들어유."

"아니구면유. 난 죽어두 좋으니께 고쳐 줘유."

그러구 병원서 하룻밤 자구 나니께 왼쪽 눈두 검사를 해 보자네. 두 번째 검사는 몇 개 안 혀. 처음에 다 했으니께 많이 안 헐 테지. 그

룽게 검사를 하더니 이튿날 여섯 시에 오래. 그래 갔는디 이상허데. 두 번째 수술은 눈물이 줄줄줄 쏟아져. 그래두 수술은 해야 허는디 눈물이 그칠 줄을 몰러. 또 수술하려면 허리를 쪽 펴구 반듯허게 누워야 허는디 허리가 펴지나? 나 허리 무너지구부터는 똑바루 눕지 못헌단 말이여.

"나 허리 무너졌으니께 세상 읎어두 바루 못 누워유."

그러니께 의사들이 다리 붙들고 머리 붙들고, 다섯이서 땀을 뻘뻘 흘리믄서 나를 붙잡는 겨. 붙잡구서는 "할무니, 할무니." 불러 싸. 불러 싸니께 "왜 그려." 대답했지.

"아이구, 할무니 조금만 더 참어유, 왜 자꾸 소리는 박박 지르구 그려유."

그래 소리 안 지르구, 내가 이빨이나 있간? 그냥 입술을 꼭 물구 있었어. 그러니께 휴우 이제 살었다구 번쩍하드니 나를 침대에 갖다 옮겨 놔. 수술 시작헌 거여. 수술할 때는 내 정신이 읎으니께 모르지. 아픈 줄두 모르구 찢는지 꿰매는지 전혀 몰러. 수술 마치구 병실에 와서 며칠을 아무것두 못 먹구 있는디, 그날 일곱 시 됐나? 의사들이 쭉 돌데. 붕대 푼다는 겨. 풀어 주기 전에 수저 같은 걸 하나 주믄서 앞서 수술한 눈을 가리라는 겨. 13년을 안 뵈던 눈인디 이눔이 이제 잘 보이겠는가 싶어서 부러 아주 꼭 눌렀어. 의사들이 찬찬히 붕대 푸네. 풀었는디 웬일이여? 먼저보다 더 밝어. 소리 빽 지르니께 의사가 놀래서 눈이 뚱그레져.

"워쩐대. 할무니, 안 보이세유?"

"아니유, 먼저보다 더 잘 보이네유. 아주 훤허네유."

의사들이 나를 업구 이런 할무니가 어딨냐구 아주 덩실덩실 춤을 춰.

"할무니, 진짜 잘 보이세유?"

몇 번을 그렇게 묻구 즈이들두 좋아서 아주 죽어.

하룻밤 더 자구 약 타서 우리 딸허구 버스 타구 집에 오는디 서산 길이 다 보여.

"야, 저그두 집 지었다. 저그두 봐라."

손님들 눈에는 내가 미친 할매 같을 테지.

"저 할무니 왜 저런댜. 이상한 할무니네."

"나 눈 밝히구 하도 좋아서 그려요. 한쪽은 13년, 한쪽은 넉 달 만에 고쳤네유."

"아이구, 할무니 축하혀요."

손뼉을 치구 모두 웃어 쌓구, 나는 챙피헌 것두 몰러. 차창에 매달려서 밖에만 구경허는 거여.

집에 들어오니께 그전에는 우리 집이 붉은 점백이 장판이었는디, 아 이제 보니께 점백이가 아니구 빨간 꽃이여.

"얘 우리 장판을 새로 사다 깔았다니?"

걔는 아주 우스워 죽는다 그려. 웃다 말구 진작에 어매 눈 고쳐 줬어야 허는디 지금까지 이러구 있었다구 울구. 우리 딸이랑 나랑 둘이서, 울구 웃구 아주 난리 났어.

그때 그렇게 수술해서 이제는 바늘 그런 거 내가 다 꿰. 쬐깐한 명함 그런 데 백힌 거 그 전화번호두 다 외어. 전화번호? 이름이랑 숫자, 읽은 줄은 몰러. 읽지 못혀서 그렇지 그거 보구 전화번호 누를 줄은 알그든. 우리 손주가 군인 가기 전에 전화기 사다 놓구 한달 동안 나를 가르쳤어. 내가 읽을 줄두 모르구 눈두 잘 안 뵈니께 잘 못 알아 듣지, 손주가 시키는 대루 잘 못 허구.

"할무니 워찌 다른 것은 다 잘 허시는디 요건 그룹게 둔하다요."

그 생각허면 자다가두 혼자 웃네. 수술헌 지 이제 한 오 년 넘었지. 그전엔 뵈는 것은 읎고 침침허니 눈물은 줄줄 흐르고 노상 울며 살았다니께. 이제는 아주 좋아. 군인 가 있던 손주두 나 수술허구 이제 잘 뵌다니께 엉엉 울믄서 좋아혀.

"할무니, 다행이네유. 시원하시겠어유. 벽에 걸어 둔 지 사진두 이제 잘 보이겠네유."

부모한테 자식은 애물이여

그러든 놈이 벌써 제대허구, 지금은 조치원에 살어. 조치원에 있는 회사 아주 크다는디 거기 다녀. 우리나라 최고 회사라구 죽으나 사나 거기 다녀야 한다구 노상 그 소리혀. 그렇게 노력해서 조치원에 아파트두 샀어. 지가 모아 뒀던 돈허구 모자르는 건 회사서 대출 받았다는디 지금 그 빚 갚아 나가느라 허덕허덕 헐 테지. 할무니 이제 돈 못 갖다 드린다구 죄송허다 그려. 전에는 월급 타믄 십만 원씩 꼭꼭 넣어서 보냈그든. 나 뭐 돈 필요 있남? 젊은 아이들이 즈들 살아갈 생각허면 그걸로 됐어, 난 돈 필요 읎어. 돈 쓰구 다니는 것두 때가 있는 법이여. 나는 돈 쓸 때는 지났어. 늙은이 그저 밥이나 먹구 살믄 되는 것이구 젊은 애가 희망이 있어야지.

이제는 결혼할 색시두 있어. 돈이 읎으니께 아직 혼인식은 못 했는디 결혼할 색시 있어서 조치원 아파트에 함께 살어. 새아기 만나기 전에는 여그 한번 오면 즈이 방에서 안 자구 내 옆에 딱 붙어서 내가 앉으믄 따라 앉구, 내가 누우면 따라 눕구 혔어. 여그 왔다가 조치원 돌아갈 때두 노다지 붙들구 저 울구 나 울구 성가시더니 이제 그러지는 않어. 새아기 보기에 부끄러운가 벼.

새아기? 착허지. 목포 아인디 딸만 다섯 있는 집 셋째딸이랴. 스물
두 살인디 깡말라서 가느다라해. 그런디 말을 잘 안 혀. 내가 먼저 물
으믄, 대답이나 허지 조잘조잘 얘기하구 그러지는 않어. 얌전허지.

아이구, 새아기 어무니가 마늘을 보냈는디 그거 손질두 얼른 해야
겠네. 그거 손질허는 걸 잊구 있었어. 작년부터 사돈집에서 보리, 마
늘, 콩 그런 거 보내 주셔. 거기가 목포 어디 있는 섬이라는디 마늘허
구 콩허구 보리허구 그런 것들 농사하신다 그려. 그래 마늘이구 고추
구 죄다 보내시지. 늙은 할매 잘 얻어먹어 아주.

손주는 할무니헌테 기맥히게 잘 혀. 걔는 지금두 저 사는 데루 할
매 못 데려가서 안달이여. 아이들 사는 곳에 한 번 다녀는 왔는디 함
께 게서 살지는 못허겄어. 난 예가 좋아. 마음대로 나가고 싶으면 나
가구 들어오구 싶으면 들어오구 죄 아는 이들이구 을매나 좋아. 거그
가면 문 잠그구 가만 들어앉아서는 징역 사는 거 같애.

속마음이야 옆에 두구 함께 살구 싶지. 그런디 걔들은 일을 해야
허잖어. 즈그들 아파튼가 어딘가 거그서 살아야 허는디 난 촌에서 살
아야 맘이 편헌 늙은이니께. 함께 살 수 있다면 좋지, 그런디 뭐 그런
방법이 어디 있간?

요즘은 할매한테 자주 오지두 못혀. 낮에 일 나가구 저녁에 들어오
니께 고단하잖어. 자주 오는 것이 뭐 대수여? 자주 못 와두 할매 생
각허는 마음 끔찍허구 전화 자주 허구 그러면 되는 거여.

그래두 그눔이 잘 못 오니께 이제는 외손주가 가끔 와. 명절 때두
오구 반공일에두 오구. 외손주는, 또 생각허니께 웃음 나오네. 걔가
중핵교 3학년 때, 열여섯 먹어서여. 나는 저그 신작로 집에 살 땐디,

"외할무니, 돈 백 원만 좀 줘."

그때는 백 원이믄 큰돈이그든. 내 수중에 있는 돈 탈탈 털어도 육십 원이 안 됐단 말이여. 즈그 어매 몰래 어디를 가겄다구 나헌테 백원을 달라는 거여. 한동네 살았그든, 우리 딸이 외손주 키우믄서 나와 한동네 살았단 말이여. 그니께 외할매헌테 쪼르르 와서 돈 달라구하는 거여. 돈 읎다구 혀두 이눔이 자꾸 백 원만 좀 해 달라 그러네. 빌려서 백 원을 만들어 줬어. 이눔이 그 돈 들구 그 길루 서울 나가서지금 그리 잘 된 거여. 열여섯 먹은 아이가 돈 백 원 들구 서울 가서그렇게 크게 된 거여. 그러던 녀석이 취직허구 장개가구 딸 쌍둥이 낳구. 딸 쌍둥이 낳구 자슥 더는 안 낳는다더니 쌍둥이 다섯 살 먹어서 더 낳는다구 그려. 그러구 또 낳은 눔이 이번에는 아들이여. 우리 외손주가 7대 독자그든. 또 딸이믄 어쩌냐구 다들 걱정했는디 아들 낳았으니 좋지, 좋어.

한번은 외손주가, 한 3년 됐을 거여. 논을 팔아 가겄다구 허데. 우리 딸이 이 동네서 커서 이 동네서 시집을 갔그든. 많지는 않어두 넘들 부럽지 않을 만큼 논 가즌 집으루 시집을 갔단 말이여. 사위 세상 뜨구 나니께 그 논이 죄 우리 딸 이름으루 돼 있을 테지. 외손주가 사업을 허니께 돈은 필요헌디 누가 큰돈을 빌려 주남? 그러니 이눔이 그 논 팔자구 난리를 떤 거여. 내가 못 팔게 혔그든, 절대 안 된다구. 땅은 끼구 앉어 있어야 큰 재산 되지 돈 아쉽다구 팔기 시작허믄 금방 알그지 된다구 내가 절대 못 팔게 혔어. 그랬드니 아주 성화를 혀, 외손주가. 이눔이 하두 성화를 허니께 즈 어매가 한 마지기만 띠어서 줬다네. 그렇게 띠어 주기 시작허믄 금방 날려. 아주 잠깐이란 말이

158

여. 외손주 데리구 앉아서 절대 그거 팔믄 안 된다구 아주 입이 닳도록 얘기혔어. 이눔두 그거 한 마지기 팔어야 큰돈 되지두 않겄구, 외할매가 하도 팔믄 안 된다구 그러니께 안 팔더만. 내가 못 팔게 혀서 안 판 거여. 즈그 어매한테도 그거 팔믄 안 되고, 아이헌테 자꾸 띠어 줘도 안 된다고 막 야단쳤어. 근디 그 논이 얼마전부터 땅값이 확 오르잖어. 별일이지. 그러니 내 말 듣길 잘 헌 거여. 몇 해 전만 해도 그거 팔지 못해 난리하더니 지금은 그 소리 안 허지. 즈들두 그때 논 팔 았으믄 어쩔 뻔 했나 싶을 꺼여.

우리 딸이 시집가서 삼남매 낳았어. 아들 하나, 딸 둘. 아들이 논 판다구 혔던 그 아이여, 출판사 헌대. 아주 큰 출판사 헌다구 그려. 두 딸 중에 막내는 미용실 하며 사는디 우리 딸애가 거기 가서 일 봐줘. 손녀, 그러니께 내 증손녀지. 걔 봐주며 그 집서 지내. 큰딸은 아이들 데리구 유학 갔어. 재주가 좋은지 어떤지 즈 어매가 데리구 연신 외국으루 다녀. 돈두 많이 안 들이구 그르구 다닌다대.

우리 외손녀들은 즈이들이 신랑 찾았그든? 선보지 않구, 다들 즈이들이 연애 걸었는디 신랑 잘 만났어. 다들 짝은 잘 만났어. 외손녀 하나는 지가 연애 걸었는디 신랑감이 어매 아배가 읎다 하대. 천안서 만났다는디 부모가 읎는 사람이라는 겨. 직장두 탐탁지 않구 우리 딸이 보기에 영 사윗감이 맘에 안 찼는가 벼. 그러니 당사자 둘이는 눈이 맞었어두 우리 딸은 걔들 못 살 게 뜯어말릴 일이지. 즈이 둘이 좋은디, 통혔는디 어매 말이 귀에 들어오간? 어매 몰래 둘이 살림 차려서 살었어. 그러니 우리 딸은 연신 눈물 바람이여. 근디 지금은 외손녀 중에 그 아이가 제일 잘 사는 거 같어. 아파트두 좋은 거 샀지, 나는 봐두 모르지만서두 개들이 타는 자동차두 아주 좋은 거라구 그려. 그런 거 보믄 제짝은 제 손으루 찾어야 잘 사는 것 같지? 그 많은 이들 중에 제짝을 딱 찾으믄, 넘들 보기에는 별 볼일 읎어 뵈도 당사자끼리는 그렇게 흡족한가 벼. 그렇게 만나서 마음 맞춰 잘 살믄, 그거믄 되는 거여. 넘들 보기에 둘이 잘 맞는 거 같어서 중매해 줘도 제짝이 아니믄 잘 못사는 법이그든. 둘이만 좋으믄 그것이 최고여.

나 아들딸 남매 낳았구, 그 속에서 본 손주들이 외손주, 친손주 합쳐서 열셋인가 넷인가 그렇게 되는디 넘들한테 애들 그르다는 소리 아직은 안 들어. 우리 아들딸 모두 일본 정치 때두 월사금 안 내며 핵교에서 돈 받으며 졸업했구 상장두 쉬 읎이 타 오구 그랬그든. 근디 손주들두 그려. 그 아이들두 공부 잘혔구, 지금은 좋다는 직장 들어가서 잘들 다녀. 앞으로는 몰러. 앞으로 그눔들이 어쩌구 살지는 몰러두 아직은 넘들한테 나쁜 소리 안 들어.

큰며느리 손주들은 어디 사는지 몰러. 그때 작은손주 버리구 함께 가자는 거 거절한 뒤로는 소식 잘 모르구 살어. 근디 어디 가서 어쭙잖은 짓 하며 다니지는 않는 거 같애. 내가 뉴스를 꼭 보그든. 다른 건 안 봐두 뉴스는 앓어누웠을 때두 꼭 본다구. 왜 뉴스만 자꾸 보는지 아남? 지금 소식 모르구 사는 큰며느리 아이들이 밖에 나가서 허튼짓 하믄 뉴스에 나올 것 아닌가? 죄 나쁜 놈들 나오잖어, 뉴스에. 그 아이들이 나올까 싶어서 뉴스 보는 거여. 넘한테 해악질허구 살면 뉴스에 나올 테니께. 근디 그러구 손가락질 받으며 살지는 않는 거 같애. 뉴스에두 안 나오구 나쁘다는 소문두 안 들려오구. 할매 찾아오지 않어두 돼. 그저 넘들한테 그르다는 소리만 안 들으면, 어쭙잖은 소문나지 않게 즈그들끼리만 잘 살면 그것으로 돼. 애들 어매, 우리 큰며느리 말이여. 읎는 집에 시집와 품팔이 허느라 고생허고, 작은마누라 얻고 댕기는 남편 땜시 맘고생허고, 젊은 나이에 남편 잃어 아이들 키우느라 갖은 고생혔지. 아이들이라두 잘 키워 보겠다고 어떻게나 애달프게 보살피구 키웠는디 아이들이 잘 자라야 헐 테지. 남들 안 허는 온갖 고생 다 허며 살았는디 그릏게 키운 자식들이 넘들한테 손가락질 받으며 살믄 억울허잖어. 잘 살아야지. 다들 잘 사는 거 같애. 아이들이 이름 떨치며 큰일은 못 혀도 다들 바르게는 살 꺼여.

내가 자랑하구 그러는 것이 아니라 우리 애들이 다들 그릏게 착허게 살어. 여기와두 다른 방에 안 가구 꼭 할매하구 붙어 있구 잠잘 때두 할매 옆에서 잔다구 서루들 그러지. 작은손주, 내가 키운 아이 말이여. 걔는 그중 더해. 워낙 어렸을 때 죽었으니께 즈 애비는 기억에두 읎구, 즈 어매는 아주 찾으려구 하지두 않어. 걔는 그저 할매 하나만 쳐다보구 살어.

외손주나 친손주나 미운 사람 읎구 다들 부랑자두 아니구 넘들한테 싫은 소리 안 들으며 잘 사는디, 그래두 자식은 애물이여. 새끼라는 건 아주 애물이란 말이여. 내 옆에 끼구 살 때는 넘들만큼 못 해 줘서 걱정, 어디 나가 살믄 노다지 더 걱정이여. 애가 밥은 먹구 다니나, 사고는 나지 않나, 일은 잘 허나, 누가 미워하지는 않나, 노다지 그 아이들 걱정이여. 부모헌테 자식은 그런 거여.

세상에 이런일이

　방송국서는 느닷없이 왔어. 온다 간다 말두 웂이 왔다구. 그러니 내가 뭘 해야 허는지두 모르겄구 기억두 안 나데. 찬찬히 생각할 시간을 줘야 허는디 갑자기 들이닥쳐서 물어보니께 뭐 기억이 나간? 다 잊어버렸어. 느닷없이 허라구 하니께 기억이 안 나는 것이지. 그려서 대강만 혔어. 그래두 그거 며칠을 와서 물어보구 또 물어보구, 찍는 것두 한참을 찍어 갔어. 그런디 테레비에 나오는 것은 얼마 안 되데? 원래 그런 것이여? 나는 한 사나흘 나오는 줄 알았는디 잠깐 나오구 말어.

　심장 뛰구 아주 좋지 않데. 이걸 하믄 뭐가 워떻게 되는 건지두 모르겄구. 먼저 어찌어찌 헌다구 얘기를 들었으믄 들 놀랬을 텐디 갑자기 와서 찍어간 거그든. 서울서 사람들이 온다는 것은 들어 알고 있었어. 내일 온다구 하루 전날 전화를 받은 거여. 방송국서 직접 전화가 온 것이 아니구 이장헌테 연락을 받았지. 그래 온다는 것만 알았지 어찌 하는 건지는 알았간? 그르니께 좋은 거구 뭐구 아주 떨리기만 혀.

　누가 나를 찍어 가라구 그런 건지두 모르겄어. 방송국 처녀 말은

162

손주 친구라는 사람이 연락을 넣었다는디. 그런 할무니가 있으니께 가서 찍으시라구. 그런디 우리 손주들은 모른다는 거여. 영 누군지 모르겄어, 지금까지두 누가 시킨 건지 모르겄어.

그날 머리는 다 헝클어지구, 그래두 세수는 했네 그려. 그러구 방 바닥에 앉아서 걸레질 치는디 누가 와서 나를 찾어. 여자허구 젊어 빠진 남자, 둘이 들어오데.

"심간난 씨 할머니 집입니까?"

"워디서 왔대유?"

"서울 방송국에서 왔습니다."

방에 들어오시라구 했지. 색시는 얌전혀. 그 색시하고 얘기허구 앉았는디 그 젊은 남자는 안 들어오구 밖으로만 빙빙 돌데? 그르드니 뭘 잔뜩 들구 들어와. 그러구선 별안간 불을 훤허게 밝히구 자꾸 찍어. 나두 찍구 집두 찍구. 나 참, 난 집 고쳐 주는 건 줄 알았어. 온 사방 찍어 대니께. 왜 테레비서 보믄 집 고쳐 주러 다니는 사람들 있잖은가. 아이구 집 고쳐 주러 왔구나, 그렇게 생각허니께 좋데. 아주 좋어.

그래 옷이라두 좀 좋은 넘으루다 갈아입으려구 하니께 갈아입을 꺼 읎다 그려. 그냥 입던 거 입구 찍으시라구. 그르니 그냥 입던 놈 입구 앉아서 묻는 말에 대답허구 있는디 그 남자가 묻네.

"할머니, 글씨 어떻게 쓰십니까?"

"뭘 워뚷게 쓴대유. 그냥 나 알아볼 수 있게 대충 썼시유."

"아이구 할머니 어떻게 쓰시는가 좀 보여 주세요."

그거 아주 땀나서 죽을 뻔혔어. 세상에 아주 땀나구 구찮어. 그룹지만 집 고쳐 주러 온 사람들인디 그까짓 글씨 몇 자 못 써 주간? 다 써 줬지. 그거 써 주구 나니께 또 물어.

"할머니 이름 써 보구 싶지 않습니까?"

"소용읎네유. 글두 모르는디 내 이름 워찌 쓰겠어유?"

소용읎다구 그러니께 자꾸 시키는 대루 하시라구 그래. 그려서 시키는 대루 했지 워뜩혀. 그래 내 이름 써서 달아매 놓구 잘 썼다구 카메라 들구 찍구. 아주 얼마나 넘부끄러운지 몰러.

이튿날은 들어오드니 또 물어.

"할무니, 밖에는 좀 나가실만 합니까?"

"갈 만혀유, 나 가구 싶은 데는 갈 만혀유."

나 숨 붙어 있구 팔다리 멀쩡하니께 가구 싶은 곳, 이 동네 가까운 곳은 조심조심 갈 만허거든. 그랬드니 카메라 들구 서서는 지팽이 짚구 걸어 다니래. 또 외상값 받는 시늉두 허래. 나갈 때 입는 옷 있그든. 그거 입구선 이 밑에 논둑 거기까지 가서 외상값 받는 시늉혔어.

또 서산 전매청서 담배 받아 가지구 책보에 짊어지구 오는 시늉두 허래. 그래 전매청에 갔는디 아무두 읎어. 전화했지.

"병원에 와 있어서 할무니헌테 담배 못 갖다 드리네유."

"문 좀 열어 줘유."

병원에 있으니 올 수 있간? 못 온다구 그러지. 대전병원까지 간 모양이여. 하다하다 안 되니께 젊은 여자가 서울 방송국으루다가 전화를 넣어. 아마 근처에 어디 큰 하꼬방, 담배 뗘 올 수 있는 큰 하꼬방이 있나 알아보는 거 같애. 그르드니 금방 담배차가 저그 핵교 문 앞에 와서 서 있네. 방송국서 내려 보낸 게여. 그래 그 담배차를 핵교

문 앞에 턱 하니 세우더니 나보구 그 차에서 담배 떠 오는 시늉을 하라는 겨. 담배 떠서 가방에 짊어지구 집에 오는 시늉하라 그려. 내리 사흘을 찍었는디 그중 가방에 담배 넣구 걷는 것이 젤 넘부끄러워. 허리는 아퍼 죽겄구 넘부끄럽긴 허구 난 못 하겠다구 늘어지니께 젊은 여자가 안 하믄 안 된다 그려. 아이구 별일을 다 겪었어. 왜 안 힘들어. 지팽이 짚구 걸어 다니느라 힘들었지. 그거 찍구 며칠을 먹지두 못하구 피정피정 앓었어. 그때 생각하믄 아주 자다가두 웃어.

동네 사람들이 물어본 모양이여.

"늙은 사람 이렇게 끌구 다니기만 허구 아무것두 읎대유?"

"나중에 보답이 있을 꺼구먼유."

그 소리 듣구 와서 동네 분들은 나보구 그러지.

"방송국서 다 해 준다네유. 할무니는 가만 시키는 대루만 허믄 보답이 있을 거래유."

촬영할 때 나 혼자 한 것이 아니그든. 동네 분들두 와서 내내 고생 허셨어. 우리 집 자주 오시는 아저씨, 그 아저씨가 경로당 회장이신디 그 집에 학생이 둘이 있어. 그날 마침 학생 하나가 집에 있다구 아저씨가 자청허셔서 그애 데리구 가서 찍으라구 그러셨어. 그래 그 집 손녀딸이 한나절을 넘겨 애썼지. 핵교에서 뭐 찍었다구 하데. 다른 분들 역시 오셔서 애쓰셨지. 그른데 그분들한테는 아무 보답이 읎었던 겨. 그러니 나중에 사람들이 허는 말이,

"그것이 다 사람 사서 하는 거 아니겠어유? 서울서는 사람 사서 헌대유. 그런 거 죄 돈 주구 사람 사서 한다는디 우리들은 뭐 모른다구 아무것두 안 준 모냥이네유." 하는 거여.

166

뭐 몰러서 아무것두 안 췄다구 별소리를 다하데. 그런 거 찍으면 원래 돈 받는다구들 그려. 난 모른다구 그렸지. 아주 그 소리는 듣기 싫데. 괜히 와서 사진 찍었다구, 돈 받아야 허는디 안 받구 했다구 그러는디 듣기 싫어서 혼났어 아주. 그러드니 나 보구 돈 얼마 나왔냐구 자꾸 물어.

"할무니께는 돈 얼마 나왔대유?"

그때 최씨 아저씨, 최씨 아저씨가 경로당 회장허는 그 양반이여. 그 아저씨 딸이 여그 와 앉아 있었그든? 사람들이 자꾸 물어 싸니께 방송국에다 했는지 어디다 했는지 전화를 해 보데.

"삼십만 원 부쳤다네유."

그러니 개헌테 좀 찾아오라구 그렸지. 찾으러 가니께 이십칠만 원인가 들어왔다 그려. 내가 그 돈 움켜쥐구 앉아서 뭐 할 껴. 동네 분들두 꼭 돈을 바래서가 아니구 다들 와서 한나절을 넘겨 애쓰시구 갔는디 그냥 넘기믄 그거 서운하잖어. 그래 이십칠만 원으루 생선 사서 한 마리씩 돌렸어. 술두 한잔씩 마시구 그렇게 다 써 없앴어.

우리 손주두 미안했는가 벼. 추석 대목에 손주 며느리랑 마후라 있지? 스카프? 그거 한 삼십 개 사 왔어. 그날 와서 고생허신 분들 드리라구. 그른데 그날 온 사람만 줄 수 있간? 작은 동네에서 죄 도움 받는 분들인디 그날 안 오셨다구 안 드리면 서운하잖어. 이 동네가 총 서른두 가군가 네 가군가 그렇게 되는디 다 드리려니까 모자르지. 그래 전화를 넣었어.

"모자른디 워뜩한다냐."

다음날 바루 열 몇 개 더 사서 우편으로 보내왔어. 그래 다들 하나씩 나눠 드리구. 그런데 그것두 한 집이선 더 달라구, 둘씩 간 집두 있그든. 그러니께 자기들두 하나 더 달라구 하는디, 방송 찍는 날 오지두 않구선 즈이들두 두 개 달라 그려. 아이구 뭐 남는 게 있어야 두 개씩 주지. 그것두 속상해 죽을 뻔혔어. 모자르는디 더 달라 그려서.

방송에 나오는 거 보니 재미 좋아

그래두 나중에 방송 나오는 거 보니께 재미 좋데. 근디 재미구 뭐구 넘부끄러운 것이 그중 첫째여. 손주는 출근해야 허니께 조치원 즈이 집에서 봤을 테구 동네 분들이 함께 보자구 허는디 혼자 봤어. 사람들이 그거 보구 웃어 쌓구 그러는 생각허니께 함께 보기 싫데. 아이구 저거 어찌헌다냐 그러면서 봤어. 모르는 이들두 담배 사러 오믄 얘기들 하데. 이 할무니 방송에 나왔던 할무니라구. 다들 봤는가 벼.

딸은 넘부끄럽다구 하지. 좋아 안 혀. 그게 좋아헐 일인가 어디. 생각하믄 기맥힐 일이지. 왜긴 왜여. 이 나이에 자식두 하나 읎는 집, 아들두 읎구 아무것두 읎구 할매는 늙어서 귀신 같으니께. 딸은 울데 울어. 전화 통화루 울어.

"뭐 할라구 그런 건 찍어 쌓는대유?"

지두 울믄서 웃으믄서 그려. 아까 전화 온 것두 딸이여. 책은 또 무슨 책이냐구 타박허네. 힘들 게 그런 건 뭐 하러 하냐 타박허구. 직원이 와서 밥두 해 주구 힘든 거 읎다 그렸어. 그래두 책은 제 가서 걸어 봐라. 예 가서 걸어 봐라 그런 거 안 시키니께 어려운 거 읎네. 가만 앉혀 놓구 물으니께 힘든 건 읎어.

손주는 방송 보구 좋다구 그려.

"할머니 좋아유. 저희들이 할 일을 다른 이들이 했네유."

그러믄서 좋아혀. 할매 등 두드리구 응댕이 만지구 아주 난리를 치드니 그 뭐시냐, 찍는 거. 사진기 말구. 비디오카메라? 그려, 그거 사들구 와서 찍어 갔어. 우리 할머니 돌아가셔두 목소리 듣구 얼굴 본다구 찍어 갔어. 걔는 방송 보구 나서 연신 그러는 겨.

"할머니, 지가 좀 해 드릴라 했드니 잘 됐시유. 아주 이쁘구 좋던걸유."

테레비 나오구 한동안은 아주 사방서 들이닥쳐. 저 어디 신문에서두 몇 번을 오구 뭐시라드라, 잡지? 그려, 잡지에서두 몇 번씩 오구 사방에서 들이닥쳐 아주. 워뜧게 알구 다들 찾아오는지 알 수가 읎데 그거. 나중에는 그거 아주 성가셔. 늙은이 좀 편히 있구 싶은디 그이들은 한번씩 오믄, 사람 사방으루 끌구 다니잖어. 예 세워 놓구 제 세워 놓구, 사진 찍는다구. 할매 허리 무너져서 이쁘게 서지두 못허는디 그거 싫어. 그려두 다들 멀리서 왔다니께 안 할 수 있간? 첫 번에는 안 헌다구 그러지. 귀찮으니께 가라구 그려. 근디 사진 찍겄다구 서산까지 내려온 이들이 어디 그냥 올라가남?

"아이구 할무니 사진 못 찍어 가믄 월급 못 받아유."

그러구 아주 죽는다구 버티는데 워뚱혀? 허자는 대루 해 줘야지.

말 한 마디에 쳔 냥 빚 갚는다는디

　참 근디 그거 한번은 아주 부아가 나서 병 생기는 줄 알았네. 그이
들은 서울에서 왔다는디 신문에서 왔는지 잡지에서 왔는지 그것은
모르겄네. 그날은 기운 읎구 영 몸이 말을 안 들어. 밥두 못 먹구 엎
어져 있는디 남자 하나, 여자 하나 들어오데. 벌써 딱 보니께 사진 찍
으러 온 사람들 같애. 모르는 척 허구 이불 쓰구 누워 있는디 저벅저
벅 들어오데. 들어오더니 사람 앉혀 놓고 귀찮게 허기 시작허는 거
여. 웃어 봐라, 걸어 봐라, 저기 가 서 봐라 또 그짓 시작허는 거여.
멀리서 온 이들이니께 해 줘두 되지. 그런디 그날은 아주 내가 죽게
생겼으니까 내키지 않어.
　"싫어유. 나 이제 이런 거 안 해유."
　그랬드니 둘이서 내 양 팔쭉지 잡구 나가네. 다른 날 온 이들보다
그날 온 이들은 그중 성가시게 혀. 저 아래 신작로까지 나를 끌구 내
려가는 거여. 허리 무너진 할매를 신작로까지 끌구 내려가. 아주 날
두 궂은디 신작로 한가운데까지 몇 번을 끌구 내려가네. 근력 읎어
죽겄는디 신작로 한복판에 세워 놓구 즈이들끼리는 아주 좋아혀. 뭣
이 좋은지 웃구 낄낄허구 나는 아주 속상허지. 이 동네 오래 살았으

니께 아는 이들은 좀 많어. 오는 사람 가는 사람 다 한 마디씩 허구, 할무니 뭐 허시냐며 웃어 대지. 그르구 신작로는 지나가는 차들두 아주 많그든. 차 타구 지나가던 이들두 보구 웃어 쌓구 그냥, 오는 차 가는 차 그러구들 웃어 대니께 얼마나 넘부끄러워 아주 그냥. 생전에 그런 망신이 어딨어.

집에 들어오니께 축 늘어지지, 나는. 배가 고픈디 밥 끓여 먹을 기운이 읎으니께 늘어져 있었어. 그이들은 갈 준비허지. 들구 왔든 거 싸매서 간다구 허더니 내가 기운이 읎어 보였는가 벼. 참 그이들이 허는 짓이 참 기맥혀. 얼음사탕 두 개 주네. 즈그들 사다 먹던 얼음사탕, 손가락 곁은 거. 그이들이 몇 개를 사다 먹었는지 모르겄는디 그중 두 개를 내게 줘. 얼음과자 맨치로 긴 꼬챙이 끝에 사탕 하나 매달아 놓은 거, 그거 말이여. 할매가 아무리 읎이 살두 노인헌테 그것이 뭐여. 백 살 꼬부랑 할매가 그거 들구 빨아먹간? 사탕 한 봉지 그거 뭐 얼마나 혀. 알사탕 한 봉지면 참 받는 나두 고맙잖어. 여기 오는 이들헌테 무엇을 바라는 마음에 허는 소리가 아니여. 그날 온 이들은 유난히 나를 사방 끌구 다녔어. 아픈 할매 사방 끌구 다니며 즈이들 좋은 일 실컷 허구서는 얼음사탕이 뭐여, 얼음사탕이. 그리구선 할무니 수고하셨다구 그 소리 한 마디 안 허구 가데. 말 한 마디에 천냥 빚 갚는다는디 그이들은 그런 소리두 못 들었는게 벼.

그러구들 가니께 아주 기운을 못 차리겄어. 전에 방송국에서 사흘 왔다 가구 아파서 화장실두 못 갔그든. 싸매구 드러누워서 끙끙 앓다가 갠신히 일어났는디 잡진지 신문인지에서 이틀 왔다 가구 또 앓아 누운 거여. 보내 놓구 생각허니께 그이들은 그거 찍어서 어디다 쓴다

는 애기두 안 허구 갔어. 그러니 무슨 영문인지두 모르구 아주 걱정
되는 거여. 늙은 할매 주책 부리구 허면 안 되는 짓 한 것은 아닌가,
아이들 낯 깎이는 짓 한 것은 아닌가 싶어. 속으루 아주 별생각을 다
허지. 근디 그이들은 전화 한 통 읎네. 답답허구 속 터져 죽는 줄 알
았어.

책은 나중에 봤어. 내가 글 모르니께 뭐라구 썼는지는 모르겠구,
내 사진은 나왔더구먼. 마음에 들긴 무슨, 보지두 않았어. 그것두 보
려구 찾아본 것이 아니구, 그날 왔던 이들이 책을 보내서 본 거여. 며
칠 지나니께 전화가 왔는디 주소 가르쳐 달라 그러데.

"아니 주소는 뭣에 쓸라구 그러는디유?"

"할머니 나온 책 보내 드릴게요."

"글두 모르는 할매헌테 책이 무슨 소용 있대유. 관둬유."

성가셔서 다 싫으니께 책 필요 읎다는데두 자꾸 보내 드린다는 거
여. 부득부득 주소를 물어 쌓네. 가르쳐 줬어. 가르쳐 줬더니 금방 책
이 왔어. 두꺼운 책이 왔는디 뻘건 딱지 붙여서 보냈데. 뻘건 딱지는
왜 붙였나 펴 보니께 거기 내 사진이 나온 게여. 그때 동네 분들이 우
리 집에 마실 와 기셨그든. 부끄러우니께 나는 책 안 봤어. 안 보구
이쪽으루 나와 앉어 있는디 동네 분들은 다들 보시지. 다들 모여서
보셨어. 근디 다들 허는 소리가

"할무니를 왜 이리 병신 만들어 놨데. 손가락이 세 개여. 누가 사진
을 이리 찍었대유?" 그러는 거여.

테레비 나왔을 때는 다들 잘 나왔다구 그러셨그든. 우리 손주두 할
무니 이쁘게 나오셨다 그러구. 근디 책은 이상허데. 이틀을 쬥일 끌

구 다녔는디 사진이라구는 잘 뵈지두 않는 거 몇 장 나왔어. 아주 요 롱게 쬐깐한 거 몇 장 나왔는디 웬일이여? 내 손가락이 세 개여, 사진에 보니께 손가락이 세 개루 보여.

그 소리 듣구 놀래서, 이르구 보니께 아이구 귀신이여, 귀신. 손가락 세 개짜리 꼬부랑 할매가 지팽이 짚구 서 있는디 아주 그거 귀신 같애. 웃구 앉어 있는 사진두 책에 나왔는디 그것 역시 마찬가지여. 동네 분들 다 계신디 아주 부끄러워 죽지. 그래 책 뺏어서 저기 저 서랍 밑에 던져 났어. 그거 우리 손주들이 보면 워쩔 껴. 손주 친구들이 보구 '느이 할매 책에 나왔드라.' 그 소리허면 무슨 망신이여. 얼굴 두 똑바루 못 들구 다닐 일이여. 아주 머리가 아퍼. 그래 한쪽으루 누웠는디, 그이들이 주구 간 얼음사탕이 있데. 그거 안 먹구 뒀던 게 방에 보일러 트니께 녹은 거여. 그거 보니께 더 속상혀 아주. 그이들 있는 데가 가까운 데 같으면 가서 욕이라두 한번 해 주구 싶어. 나는 몸두 아픈디 그이들 생각혀서 사진두 찍어 주구 혔는디 이래저래 속상 허구 서운혀 아주.

아이구 사람 살려유, 나 죽어유

그것 때문에 스트레스 받아서 비청거리다 자빠져 가지구서 나 아주 허리 병신됐어.

그니께 책 말이여. 책에 나온 사진, 그거 보구 나니께 머리두 아프구 기운두 읖지. 밥두 못 먹구 있었어. 문 앞에 나가면 지나가는 차들 있그든. 다들 왜 그리 웃어 싸. 나만 보면 쳐다보며 웃어 대는 거여. 그러니 아주 문밖에 나가는 것두 귀찮어. 죽은 것처럼 엎어져 있었어.

며칠을 그러구 있었는디 하루는 손주가 전화 왔어. 걔가 아이 낳았그든. 아이 낳았으니께 할매헌테 뵈 드리러 온다구 전화 온 거여. 내가 다 죽게 돼서 엎어져 있으믄 아이가 걱정하니께 기운 차려야지 싶어. 그래 일어나 앉아 있는디 이 동네 사는 아줌니 하나가 왔네. 김치헌다구 파를 한 대야 들구 온 거여. 김치할 때 파 넣으니께 그거 다듬는다구 왔어. 할무니 적적하실 테니께 파 다듬으면서 말동무 해 드린다구 왔대. 그래 저기 부엌에 앉아서, 보일러 틀면 부엌두 뜨뜻하그든. 방은 좁구 허니께 부엌 바닥에 앉아서 같이 파 다듬었어. 그 아줌니야 할무니는 그냥 앉아 계시라구 허지. 그롷지만 워찌 가만 보구

있어. 그냥 두구 누워 있을 수 있간? 힘드는 일두 아니구, 또 둘이 하면 금방 헐 수 있으니께 함께 다듬었어. 가만 엎드려 있을 때는 모르겠드니 일어나 앉아서 그것두 일이라구 허니께 배가 고프데. 전날 아침에 밥 먹구 그다음 점심, 저녁을 굶었어. 오늘 아침까지 세끼를 굶은 거여. 죽이라두 조금 끓여 먹었으믄 싶은디 그냥 참구 앉아서 파 다듬었어. 파 다 다듬구 아줌니는 가셨지. 파 다듬는다구 번잡을 떨었으니께 부엌이 깨끗허지가 않네. 아이들 오면 지저분한 거 싫어할 테니께 다 치웠어. 그러구 나니께 아주 바짝 시장하그든. 세 시, 네 시 되니께 아주 배가 고퍼. 아이구 이러구 앉아서 기다리지 말구 먼저 밥 해 놨다가 아이들 오면 기다리지 말구 먹어야겄다 싶데. 그래 쌀 씻어 안쳐 놓구 허리 아픈 거 꼬부러다 부치구 문 열구 밖에 나갔어. 반찬, 애들 멕일 찌개라두 끓인다구 장 푸러 나갔지.

나가는디 아찔허더라구. 문 여는디 벌써 아찔혀. 그러니 나갈 때 벌써 정신 놓친 게여. 아찔하구 귀두 이상혀. 둥둥둥둥둥 허는 뱃소리가 들리는 거 같데. 근디 나두 참 둔혀. 그러믄 가만 방 안에 있어야 허는디 장 푸러 나갔네. 나가서 장 그릇 들구 들어왔어. 들어와서 정신 놓은 거여. 허리 꼬부러다 부쳤으니께 신 벗을 때 비청하그든. 신 벗으면서 비청허다가 정신 났어. 이 집이 신 벗는 데가 좁그든. 그리구 오목허게 들어갔어. 그니께 신 벗다가 비청허면서 오목허게 들어간 데루 발랑 자빠진 거여. 오목한 안에 몸뗑이가 한 도막이 아주 쏙 들어갔어. 반듯허게 자빠져서 웃통이 그리루 쏙 빠진 거여. 곧바루 앞에 발걸레 됐그든. 아래통은 거기 가서 걸치구. 어둡지두 않어, 벌건 대낮에 그랬다니께. 자빠지구 한참은 정신 까먹은 게여. 지금두 기억이 안 나. 한참 그러구 자빠져 있다가 눈떴지. 그러니 일어날 재주가 있간? 구멍에 쏙 빠졌으니께. 젊은이들 같으믄 금방이지. 벌떡 일어나면 그만인디 나는 정신 잃었지, 허리 꼬부러다 부쳤지 그러니께 못 일어나. 사람 힘이 어디서 나오간? 허리에서 나온단 말이여. 근디 허리 펼 재주가 읊으니께 영 못 일어나. 아이구 나 죽는구나 싶어.

"아이구 사람 살려유, 나 이제 죽어유. 누가 나 좀 일으켜 줘 봐유."

사람 살려 달라구 소리 지르는디 누가 있어야 살리러 오지. 우리 집이 옴폭 들어와 앉았으니께 큰길에 지나가는 이들은 여기서 뭐라구 혀두 그거 잘 못 들어. 그러니 안 되겠어. 정신 똑바루 차리구 보니께 옆에 개수통이 있어. 그거 붙들구 일어날려구 해 보니 그것이 되간? 안 되지. 그래 뒹굴었어. 아주 힘을 쓰구 뒹굴어 보니께 움직이잖아. 그래 뒹굴어서 방까지 기어간 거여. 그 정황에두 참 병신될까 싶어서 허리 두드리구 가슴팍 두드리구 그렸어. 그러구 있으니 정신이 좀 드네. 정신 차리구 보니께 바지에 오줌을 쌌어. 죽을 때 다 된 기여. 백 살 먹어두 그런 적 읊는디 바지에 오줌까지 지렸어. 정신이 드는 것 같았는디 그거 보니께 또 휑허니 어지러워. 꼼짝 못 허구 드러누워 있다가 생각허니께 그거 손부헌테 뵈면 무슨 망신이여. 늙은 시할매가 똥오줌 못 가린다구 흉할 꺼 아녀. 그래 전화 걸었어, 동네 사람들헌테. 달려들 오셨는디 내가 허리 못 펴니께 차에다 실을 수 있간? 병원을 가려면 차를 타야 허는디 나는 허리 땜시 차 못 타지. 짐차에 싣구 가지두 못혀, 날이 추우니께. 정신 잃구 자빠진 늙은이 찬바람 맞으면 중풍 든단 말이여. 이러지두 저러지두 못허구 있는디 어떤 분이 119에 전화를 해 보자구 허네. 다들 그러면 되겠다구, 옳다구 119 불렀어. 득달마냥 왔어. 그이들은 뭘 타구 오는지 가까운 데 기다리구 있었던 것마냥 전화 끊자마자 바루 오데. 오기는 왔는디 그이들이라구 별수 있간? 아픈 사람 눕혀서 가야 허는디 눕지 못허니께 그이들두 어쩌지를 못혀. 데리구 병원은 못 가구 차에서 뭘 들구 들어와서 치료 봐 주데.

"큰일은 안 날끼유. 약 놓구 갈 테니께 그거 드시구, 우선 내일까지 그냥 있어 봐유."

그렇허구 누워 있는디 우리 손주가 왔어. 아이가 아주 새파랗게 놀라지. 멀쩡하던 할매가 뱅신되서 드러누웠으니께.

"아이구 할무니 이를 워쩐대유, 조심허지 그랬시유. 병원 가유, 얼른 병원 가유."

"허리 꼬부러다 부치구 자빠졌는디 차를 어찌 타냐?"

그러니께 손주는 차 끌구 서산 시내 나가서 괴기 사 들구, 침쟁이 데리구 들어왔네. 손부는 어린애 낳은 지 얼마 되두 않았는데 할매 뵈 드리겠다구 와서 뭐 은어먹지두 못허구, 내가 아퍼서 누워 있으니께 뭐 해 줄 수 있간? 그러니 지 손으루 밥 끓여 먹구 밤새 할매 간호혔어. 즈이 신랑이 사 온 괴기 곱게 갈아서 할매 죽 끓여 먹이구 주물러 주구 그래. 개들이 참 고생혔지.

혼자 죽었구나 했는디 사람들 덕에 살어

생각두 안 했는디 개두 한 마리 팔었어. 키우던 개 육만 원 받구 팔었어, 큰놈두 팔려구 했는디 너무 크다구 안 가져가데. 왜긴 왜여, 나 자빠지구 약 지어 먹구 침 맞구 허느라 돈 많이 썼으니께 충당혀 놔야지. 스트레스 받어서 자빠지구 돈두 많이 써 읎앴어 아주.

밥두 먹지를 못혀. 밥 끓여두 그저 건더기는 건져서 개 주구, 나는 국물이나 먹구. 식은 밥 남겨서 숭늉 끓여 먹구 동네 분들이 괴기국 끓여 주믄 그거나 몇 숟가락 퍼먹구. 그래두 동네 분들 덕분에 이릏게라두 일어난 거여. 이제 겨우 일어나서 꿈적거리구 다니긴 허지. 그냥은 못 다녀. 땅 짚구 엎드려서 방 안에서 살살 다니는 거여. 다른 것은 아직 아무것두 못 혀. 가벼운 놈두 들어 올리지 못허구, 청소두 못 허겄어. 그저 엎드려서 밥이나 끓여 먹는 거여.

참 그동안 그릏지 않았그든. 힘쓰는 일이야 못 허지만 그냥 살살 다니믄서 내 깜냥대루 허구 싶은 일 헐 만큼은 됐어. 김장 같은 것두 넘의 손에 얻어먹은 적 읎이 내가 다 혔어. 올겨울은 아주 반뱅신됐어. 방송국서 왔다 가구 줄줄줄 여럿 와서 사진 찍자, 얘기 해 봐라 그러니께 스트레스 받은 거여. 그이들 때문에 할매 기력 많이 축났

180

어. 아주 아무것두 못 허겄데.

아즉두 등뼈가 빠개지는 것마냥 아퍼. 이거 한번 뵈 줘야 겄네. 비녀 휜 것 보이남? 그날 자빠지구 그릏게 됐는디 어뜧게 비녀가 다 휘었는가 모르겄어. 자빠지면서 머리통두 어디 갖다 박은 기여. 사방 쑤시구 아프구 깨지는 거 같으니께 일생 안 하던 짓을 다 허게 돼. 파스? 그려 그거 만오천 원어치 사다가 다 발랐어. 아주 한 장 남기지 않구 다 갖다 발랐어. 그거 바르니께 냄새가 심허데. 아주 냄새 고약혀. 나 아프니께 동네 분들이 와 계시는디, 하루 쥉일 와 계시면서 밥두 끓여 주구 얘기두 허시그든. 냄새 고약허니께 그이들 보기 얼매나 넘부끄러워. 할아버지들두 오다가다 들어와 노시는디 나가 앉어 씻을 수두 읎구 그거 아주 챙피허데. 나는 초저녁잠이 많그든. 초저녁잠깐 자구 일어나믄 날 밝을 때까지 잠 못 자구 뒤척뒤척 거리지. 그러니께 동네 분들은 얘기허시구 노는디 나는 한쪽에서 잠든단 말이여. 깨 보믄 다들 가시구 읎지, 새벽이니께. 그러니 노인네들 노실 때 잠들었다가 그저 새벽에 일어나서 혼자 물 뎊혀 가지구 몸땡이 씻는 거여. 파스두 연신 붙이구 다니다가 어제 띠구서 등때기 닦았네.

나두 그릏게 생각허구, 다른 분들두 한소리루 말씀허시는 것이 중풍으루 돌아가지 않은 것이 다행이라는 거여. 중풍으루 돌아가 봐. 참 그것은 아무것두 아니여. 차라리 죽는 것이 낫지. 중풍으로 돌아가지 않은 것이 참 그중 다행이여. 죽지 않구 일어나서 뱅신되면 워쩔 껴. 그릏허느니 차라리 죽는 것이 낫지.

나는 타고나기를 건강 체질이그든. 젊어서부터 어디 아프다구 앓아눕구 그런 거 모르구 살았어. 한 칠십 먹어서두 허리를 못 써서 그룽지 다른 곳은 아픈 데 읎이 멀쩡혔어. 그래두 그때까지는 맥주, 그놈 방바닥에 있는 거 한 짝씩 들어서 토방에 옮겨 놓구 그렸다구. 오십 먹었을 때는 한 번에 세 짝씩두 들어 올리구 그랬어. 근디 지금은 허리가 펴지지 않으니께 그런 것은 죄 엄두도 못 내. 그냥 앉아서 밭 매구 그러는 것두 몇 년 전부터는 잘 못 혀. 쬐끔씩 허면 허겄는디 오래는 못 혀. 꼬부리구 앉았으믄 무릎이 아프니께 못 허겄데. 힘쓰는 것은 그중 최악이여. 영 못 혀. 힘이 허리서 나오그든. 그른데 허리가 이 모냥이니께 힘쓰는 것은 못 하는 것이 정한 이치여. 그래두 마음은 한창일세. 마음으로는 별거 별거 다해. 이눔의 허리는 나이 먹을 수록 더 꼬부러지니께 걱정이지. 십년 전만 해도 꼬부러진 데가 보기 흉해서 그룽지, 아프지는 않았는디 이제는 아프네.

올해 설 시구부터 부쩍 더 나빠지기 시작혔어. 설 시구부터 구석구석 다 뻣뻣혀지는 거여. 느닷읎이 어지럽구, 그러니께 일어나기두 힘들지. 가을 나기 전에는 개울가에 개똥 치우러 갔다가 물가에서도 자빠졌다니께.

올해는 정월부텀 마른기침을 했어. 콧물두 안 나오구 가래두 안 나오구 마른기침만 쿨룩거리구 하는 거여. 물약 사다 먹구 해미 가서 약 지어다 먹구 그래두 잘 안 낫데. 그른디 참 이상한 것이 누가 오면 기침 더 나오구, 밥상머리 앉으믄 또 더 나와. 나 참. 꼭 물 떠 놓구 천천히 마시믄서 밥 먹구 그렸지. 마른기침이 온몸 아픈 거보다 더 기운 빠져. 아주 이제 죽는구나 허다가 푸석푸석 일어났는디 방송사, 신문사 사방에서 들이닥쳐서 더 기운 빠진 거여.

사람들 한창 사진 찍는다구 오구 가구 할 때, 한번은 밤에 자는데 을매나 아픈지 아주 죽는구나 혔어. 여기가 어딘지두 몰러, 내 집인지 워덴지두 모르겄어. 시간두 모르구 이장 집에 전화혔지.

"아 왜 새벽에 전화는 해 쌓는대유?"

"나 죽겄씨유. 물 좀 끓여 줘요."

그랬더니 숭늉 끓여 왔데. 그래 그거 마시구 간신히 일어났어.

충격받아서 그른 거여. 모르는 이들이 자꾸 찾아오구 영문두 말 안 허구 사진 찍어 가구, 지나가는 이들은 쳐다보구 웃구 그러니께 충격받아서 그런 거여.

나이 먹구 늙으니께 참 아이들 곁으루 가구 싶어. 가만있으면 외로우니께 손주 곁에 가서 증손녀 보며 살구 싶지. 그런디 참 내가 피붙이 하나 읎는 이 동네 남아 있는 것은 다 동네 분들 덕이여. 이 동네가 참 좋아. 여기 떠나면 갑갑해서 아주 그냥 우찌 살지 막막혀. 동네 사람들이 그저 배급타다 주지, 아프다 그러면 죽 쒀다 주지, 다 해 줘.

여기 자주 오는 그 아줌마가 참 잘 혀. 나 눈 고치러 병원 다닐 때두 그 아줌니가 항시 따라다녀 주셨어.

가가방 하는 아줌마두 잘 허지. 김치하면 갖다 주구 뜨거운 거 끓이면 갖다 주구 그런다구. 아주 딸마냥 잘 혀.

감 열리면 들구 오는 아줌니 하나 있는디 그이두 참 잘 혀. 몸이라고는 가늘가늘허니 아픈 시어머니 모시구 사는디 뭘 혀도 꼭 나를 갖다 줘. 그 집 할무니 드리기두 적을 텐디 꼭 나 하나 갖다 준다구. 시어머니헌테두 참 잘 혀서 효부라구 소문났어. 시골에는 겨울에두 나물이구 풀뿌리구 먹을 것들이 좀 나거든. 밭가에두 있구 산에 올라가두 있구 그룷지. 그른 거 생기믄 다른 이들은 다들 식당에 팔러 가. 겨울에는 돈벌이헐 데가 읎으니께 그런 것이라도 팔아야지. 그른디 그 아줌니는 꼭 나를 갖다 줘.

최씨 아저씨야 말헐 것두 읎지. 그 아저씨만한 사람 읎어. 최씨 아저씨는 온전히 이 동네두 아녀. 저기 저 꼭대기서 사시는디두 하루 한 번은 들여다봐 주시구 고맙지. 그이 아버지 때부터 지금까지 거기 꼭대기서 사시는디 마눌님이 일찍 죽었어. 그러니 영감님 혼자 살믄 적적허구 깨끗지두 못헐 테지. 할매랑 할배는 다르그든. 할매는 늙어 혼자 살아두 깨끗허게 살 수 있지만 할배들은 그렇게 못 한단 말이여. 근디 최씨 아저씨는 며느리 잘 얻어서 지금껏 신수 좋게 호강허구 사시지. 그 할아버지가 나 배급 받아다 주시지 약 사다 주시지, 아주 고마워.

참 동네 사람 말구 다른 이들두 다 잘 혀. 저 끝 동네에서 일부러 담배 사러 오시는 이들두 있구, 아저씨 하나는 아주 꼭 오니께. 그 동네두 담배 있는디 꼭 예까지 와서 담배 팔아 주구 그러시지. 참 고마운 분들 많어.

그중 최씨 아저씨랑 세 아줌니가 특히나 잘 혀. 그저 뭐든 생기믄 갖다 주시구 서산 시내 나갈 때는 항상 내게 들르시지. 나는 누구에게건 공것 좀 달라는 소리는 죽어두 못 허지만, 돈 줘어 주면서 뭐 사다 달라구 부탁은 가끔 허그든. 기운이 읎어서 서산 시내에 나가지를 못허잖아. 그르니께 그런 부탁은 허는 거여. 그래두 그거 사다 주면 나 혼자 안 먹어. 다 나눠 주지. 내 돈 주구 산 것이라구 나 혼자 꿍쳐 놓구 먹구 그러지는 않는다구. 내가 그렇게 해야 사다 주시는 분들두 보람 있으니께. 그러니께 장에 갈 때는 꼭 물으시지.

"할무니 뭐 사실 것 읎어유?"

"할무니 뭐 사다 드릴까? 필요한 거 읎어유?"

다른 이들은 마실두 오시구 그르긴 허지만 그렇게 내 심부름은 안 해 주잖어. 그이들두 장에 매일 나가는 것이 아니니께 한 번씩 나가면 많이들 사그든. 볼일두 많으시지. 근디 넘의 것 사 들구 다니기 얼마나 귀찮겄어. 그래두 귀찮은 내색 한 번 않으시구 참 뭐든 잘 사다 주시구. 아프다구 그르면 득달같이 오셔서 약 사다 주시구 다들 고맙지. 그러니께 나한테 뭐 쬐끔이라두 들어오면 혼자 먹을 수 있간? 나두 나눠 먹어야지. 그분들이 내게 잘 하니께 다른 건 아무것두 내가 해 줄 게 읎잖어. 그러니께 그렇게라두 보답혀야지.

그러구 보면 참 이 동네 들어와서 칠팔십 년 장사허며 살았어두 여즉 누구허구 욕설하며 싸우구 헐뜯구 그런 적이 읎어. 그것이 어디나 하나 잘 해서 될 일이간? 다들 좋으시니께 그렇게 잘 지낸 게여.

지금두 사방에서 오라구들 혀. 공일이믄 돌집, 백일집, 칠순집, 팔순집, 사방서 연락온다구. 그러니께 먹구살지 배급 들어오는 거 갖구는 소용읎어. 배급은 그거 아주 먹어 볼 것 읎그든. 요즘은 근력이 읎어서 오라구 혀두 못 가. 그저 봉투나 하나 보내. 그럼 동네 분들 편에 떡이구 괴기구 싸서 보내시구 그러니께 여즉 먹구사는 게여.

185

팔자 한 번 꼬이믄 두 번째 팔자두 소용없어

참 허리는, 팔자 고칠까 허다가 이렇게 된 거여. 정식으루다 재혼을 한 것은 아니여. 이거 얘기 안 하려구 그랬는디 그냥 해야겠네. 팔자 한 번 꼬이믄 두 번째 팔자 역시 소용없어.

한동네 사람이었어. 저기 위에 사는 홀애비였어. 내가 그때 가가방 허면서 술 파니께 영감 읎다구 그러면 주정 피우는 놈들이 있단 말이여. 혼자 사는 아지매라구 넘들이 쉽게 보지. 그래 그저 명이나 얹어 놓구 살자구 그릏 허구선 만났어. 살림은 합치지 않구 말루만 함께 살자구 그런 것이지. 그른디 이것이 여기가 제집이라구 차구 들어앉아 술 처먹구 지랄을 해 쌓는 거여. 어느 날은 술 처먹구 비청비청 기어 들어오드니, 그때가 우리 손주 어릴 때그든. 걔를 갖다 죽이든지 내버리든지 허라구 지랄을 하네? 내가 못 허겠으면 지가 허겠다는 겨. 그거 죽인다구 돌아치는 거 이 동네 아줌니 신랑이 뺏어서 감췄어. 그러니께 이눔이 나를 죽이겠다구 설치네. 그래 그눔 지럴허구 돌아치는 거 피해 가다가 허리 다쳤어. 저기 앞에 깨밭 있는디 어두우니께 거기서 넘어졌어.

그때 허리 부러져 가지구서 병원에 갔는디 그눔이 고쳐 줄 수 있

186

간? 돈두 한 푼 읎는 사람이었는디. 돈 읎으니께 의사두 고쳐 준다구 안 허지. 나 혼자 어뚱게 고쳐 보겠다구 허다가 이릏게 병신된 거여. 나무 판때기 잘라서 가슴팍이랑 등짝에 대구 끈으루 칭칭 묶구 다녔어. 그릏 허면 바루 설 줄 알았는디 몇 년 지나니께 이릏게 꼬부라지데. 늙으니께 점점 더 꼬부라져.

그 일 있구서 재혼은 아주 읎던 일루 혔지. 재혼은 무슨, 사람 잘못 만나서 고생만 헌 거여. 망나니 같은 거 만나서 안 해두 될 고생하구 나 병신되구 그런 게지. 나는 살믄서 몸 아파서 병원 가구 진찰허구 그런 적 읎었그든. 근디 그때 그놈 덕분에 병원 구경한 거여. 병원 구경 한번 허자구 그 고생을 혔네, 나 참. 팔자두 제대루 고쳐야지 안 그러면 가만있으니만 못 혀. 남자 사귈 때는 잘 알아보구 사귀는 거여, 잘 알아봐야 혀. 하늘 아래 부모 빼믄 어디 믿을 사람 있간?

먼저 앞세운 가족 생각이 많이 나

늙으니께 초저녁잠만 많아지구 새벽잠이 읎어. 일곱 시, 여덟 시부터 깜빡깜빡 졸다가 열한 시, 열두 시 되면 이불 펴거든. 그룽 허구 누워 있으믄 영 잠이 안 와. 열두 시에 끄트머리 뉴스 나오니께 그거는 꼭 틀어서 보지. 그거나 보구 그냥 드러누웠다 일어났다, 불 껐다 켰다, 테레비 켰다 껐다……. 뒤척뒤척 허다가 다섯 시 되면 일어나. 그룽게 잠을 못 자는디 피곤한 것두 모르겠구 낮잠두 안 자구. 잠을 못 자니께 밸밸 생각이 다 들지. 그중 많이 드는 생각이 가족, 먼저 앞세운 가족 생각이 많이 나. 다들 좋은 곳에 가 기시는지 자리는 편하신지 그런 생각이 들지.

아부지 참, 술 담배두 안 하셨는디 뭐 급허다구 그리 일찍 가셨는지 몰러. 어렸을 적에 아부지 있는 아이들이 부러웠어. 어무니 혼자 고생허시니께 아부지 계시면 어무니가 고생 적게 허실 텐데 싶어. 구정이구 추석이구 큰집에 가믄 큰아버지, 작은아버지 다 기신데 우리 아부지만 안 계시믄 그것두 속상혀. 내 나이 고만고만한 사촌 애들은 즈이 아배 무릎에 턱 올라앉아 있는디 나는 아배 읎으니께 속상허지. 생전에 어무니 속 썩인 적두 읎으시구 자슥들헌테 매 한 번 안 치시

189

구 곱게 사시다 가셨으니께 지금두 저 위에서 곱게 계실 거여.

우리 어무니는 팔십에 돌아가셨나? 내가 몇 살 먹어선가, 몰러. 그 것을 모르겄네. 다 아는디 그것을 모르겄어. 정월 보름날 친정어무니 생신두 여즉 기억하는디 어머니가 몇 살 먹구 가셨는지 그것은 모르 네. 그저 자슥보다, 나보다 앞서 가셨으니께 일찍 가셨다 그릏게만 생각허지. 내가 오래 산 게여. 그래두 우리 어무니 팔십은 넘기셨 으니께 단명하신 것은 아닌디.

우리 어무니는 참 팔십이 다 돼 돌아가셨어두 베는 못 짜셨어. 기 운두 좋으시구 튼튼허신디 베는 못 짜시데. 나는 큰어머니헌테 배워 서 열다섯부터 베 짰는디 우리 어무니는 그거 끝끝내 못 허셨어. 시 집가기 전에 착착 감으며 베 짜구 앉아 있으믄 어무니가 참 좋아허 셨지, 이쁘다구. 지지배 이쁘게 앉아서 베 짜는 것이 보기 좋다구 허 셨어.

형제들두 다 죽었어. 내가 오남매 맞이였는디, 여동생 둘에 남동생 이 둘이지. 다 죽구 나 하나 남았네.

여동생 하나는 시집가서 아이 낳다가 아이랑 함께 죽었어. 옛날에 는 의사 읎으니께, 의사가 뭐여. 산파도 읎었어. 그러니 몸 약한 것이 시집가서 고생허다가 아이 갖구 입덧 심해서 잘 먹지두 못했지. 그러 다 아이 낳으려니 어디 낳겄어? 목숨이라구 할 것두 읎이 일찍 그러 구 가 버렸어. 내가 걔를 참 이뻐했는디 그릏게 일찍 갈 줄 누가 알았 간. 형제들 중에는 걔 일찍 보낸 것이 그중 속상혀.

여동생 하나 남은 것은 전국팔도 장사헌다구 돌아다녔구. 그래두 걔는 명껏 살었어.

남동생 하나는 장가 안 가구 혼자 살다가 가구, 막내 그눔이 내 속 많이 썩였지. 위째 아이가 돈벌이할 생각두 안 허구 그저 나더러 돈 달라구 쫓아다니며 난봉꾼 짓을 허데. 친정살이 허면서 번 돈으루 제일 먼저 한 것이 개 집 사 준 것이여. 나 살 집두 읎는디 개헌테 집 먼저 사 췄어. 저거 집이라두 있어야 장가가서 사람 구실허며 살지 싶어서 돈 만들어서 개 집 사 줬다구. 근디 그거 노름해서 팔아먹구 읎애 치우데. 그러구 와서는 돈 내놓으라구 지럴허구 그 난리를 떨어. 집 팔아먹구 몇 년 지나지두 않아서 죽었어. 참 아픈 데두 읎었는디 그만 죽어 버리데. 그래두 아들 형제 남기구 죽었는디 그 아이들은 잘 산다구 그려. 우리 동생은 죽구 즈이 아들들은 잘 사는 게여. 만나 보지를 못허니 잘 모르는디 듣기로는 그려, 다들 잘 산대.

우리 아부지가 5형제시니께 사촌들두 참 많았는디 다들 일찍 갔어. 다 같은 사촌이라 해두 나는 사촌 큰오빠랑 가까이 지냈지. 그 오빠 역시 다른 이들보다 나를 더 귀허게 여겨 주시구. 아버지 형제 중에 우리 아버지가 셋째셨구 그 오빠네가 첫째셨는디 우리 집허구 그 집허구 특히 잘 다녔어. 큰아버지두 참 좋으셨어. 우리 식구, 아부지 일찍 잃구 가즌 것 읎이 사는 것이 불쌍허다구 추수 때마다 쌀이라두 넣어 주시구. 물론 우리 어무니두 큰댁에 잘 허셨지. 빨래, 바느질 그런 것은 죄 우리 어무니가 해 드렸으니께.

사촌오빠두 사촌들 중 나를 제일 이뻐허셨어. 나는 원래부텀 뭣이 생기믄 혼자 안 먹구 다 사촌들 주구, 육촌들 주구 다 나눠 먹었그든. 배불리 먹구사는 세상두 아닌디 그렇게 넘 갖다 주는 것을 좋아혔어. 그러니 사촌오빠 보기에는 어린 것이 기특해 뵜을 테지. 소견이 얌전

191

허구 이쁘다구 날 참 귀히 여기셨지.

그 오빠가 약두 지었그든. 배운 것은 아닌디 약을 잘 지으셔서 해미서는 아주 유명허셨지. 나두 그 오빠 덕에 병 고쳤어. 나 젊어서부터 바람머리 앓았그든. 바람머리가 뭣이냐면 그니께 머리 아픈 거여. 바람만 성성 불면 머리가 아픈 것인디 그거 아주 성가셔. 어떤 날은 한쪽만 쪼옥 갈라서 머리 반쪽만 아프기두 헌데 그것두 아주 고치기 어렵지. 밸거 다 해 봐두 나을 낌새가 읎드니 오빠가 해 주는 쑥 먹구 고쳤어. 다른 거 다 해두 안 됐는디 그게 그중 제일 나았는가 벼.

"동상은 남자 성질이여. 가만있지를 못허구 그저 몸 움직여 일허구 부지런혀. 내가 해 주는 약만 잘 챙겨서 먹어. 그릏게만 살믄 장수할 꺼여."

몸에 좋다는 약은 죄 탕약으로 손수 만들어 주시니께, 나 좋은 약 많이 먹었어. 그때 좋은 약 많이 먹어서 그른가 지금두 골치 아프거나 그런 것은 읎어. 감기나 들어야 골치 아프지 평시에는 그런 거 몰러. 어디 쑤시구 그릏지두 않구. 늙었으니께 힘이 읎어서 앉았다 일어서기 힘들구 꿇었다 폈다 허기 어려워서 그릏지 가만있기만 허믄 어디 불편한 구석 읎어. 겨울에 아주 추워두 어디 시려운 곳 읎구 춥다구 움츠리구 그런 적두 읎어. 바람 씽씽 불어두 추운 것을 몰러.

그 오빠 댁은 참 욕심 많었지. 오빠가 나헌테 뭐 갖다 주구 그러는 거 아주 질색허셨으니께. 팔남매 낳구 큰며느리 하나 얻구선 일찍 죽었어. 쉰여섯인가, 환갑두 못 먹구 갔으니께 일찍 가셨지. 오빠는 마눌님 보내 놓구 혼자 사시다가 아흔여덟인가 먹구 세상 뜨셨어. 늙어서 절 내놓구 약방 내놓구부터는 우리 집에두 많이 오셨는디. 할매

백 살 먹도록 혼자 밥 끓여 먹구사는 것이 다 그 오빠 덕이여.

내가 너무 오래 살았은께 나보다 더 먹은 이두, 덜 먹은 이두 다 앞세웠어. 그거 아주 속상혀. 사촌, 동생들은 그중 덜허지. 신랑 죽은 것과 아들 죽은 것은 참 말해 뭐 혀.

우리 신랑, 죽은 사람 생각은 혀서 뭣 하겠냐 하겠지만 생각이 나. 왜 안 나겄어. 늙어 죽도록 지금까지 생각나지. 자슥 낳구 살았으니께 생각나. 시집갔을 때 벌써 병앓이 깊었으니께 큰 정 받으며 살지는 못혔지만 그래두 자슥 있으니께 생각나지. 그 사람이 죽지 않구 살았으면 내 팔자가 이룽지 않구 그냥 살았을 텐데 그런 생각이 들어. 자식 죽구부터는 신랑 생각보다는 아들 생각이 나지. 절룩발이라두 아들이 있어야 허는디. 죽으믄서 우리 아들이 "어머니, 어머니!" 하믄서 우는 소리가 지금두 귀에 쟁쟁하게 들려.

부모가 죽으믄, 어려운 세상 고상하구 산 것이 불쌍허구 효도 못헌 것이 후회스럽구 그런 생각 들어서 그룽지 잠깐이믄 읾어져. 늙은 부모, 천수 다 허구 가신 부모는 그중 맘이 편안혀. 좋은 데 가셨을 테지 그릏게 생각허믄 가슴 아픈 것은 다 잊구 살게 돼.

영감이 죽으믄 나 살길이 막막허구 아이들 보면 가슴 터지구 정이 그리우니께 가슴 아퍼. 얼른 읾어지지 않어. 자슥 볼 때마다 생각나니께 그거 잊혀지지가 않는다구. 그래두 신랑 죽은 것은 자슥 죽는 거보다는 덜혀. 부모나 영감은 잠깐이믄 읾어지는디 자슥 죽은 것은, 그것은 아주 뻿속 골골이 맺혀서 내가 죽어야 읾어지지. 나 살아생전에는 읾어지지 않어. 부모, 영감 백이 죽어 나가두 자슥 하나 죽은 것만 못혀. 자슥이 죽으면 사지 삭신이 다 무너져 내리는 거 같애. 어린 자슥이라두 남기지 않았으면 다행이지. 죽은 늄이 낳아 놓은 어린 자슥들 우글우글허면 그거 아주 미쳐 죽어. 사람이 죽으면 산 사람 같지가 않구 정이 멀어져. 산 정 같지 않구 죽은 정은 잠깐이믄 떨어진다구. 암만 안달허구 복통을 허며 울어두 죽은 정은 잠깐이여. 다 잊구 살게 돼 있어. 그룽지만 자슥 죽은 고통은 나 죽어 읊어지기 전에는 안 읊어져. 자슥이라는 것이 내 피를 나눠 갖구 내 속에서 나온 것인디, 그거 한창 나이에 죽는 거 보면 뼛골이 무너져 내려. 그거 죽구 애걸복걸 허다가 눈두 어두워진 거여. 우리 아들 죽을 때 두 살 먹었던 손주가 애 아배가 됐으니께 벌써 몇 년이여. 그래두 우리 아들 죽은 고통은 읊어지지가 않어. 뼈가 절리구 마디마디 쑤시구 가슴이 터져 나가는 거 같애 그거 아주……

친정어무니, 동생들, 어린 자슥들이랑 굶어 죽지 않으려구 고생고생허구 속 썩구, 자슥 앞세우구. 그릏게 넘들 안 겪는 일 죄다 겪으며 살아서 명 짧을 줄 알았는디 죄 먼저 보내구 나 하나 살아남았어. 먼저 간 그이들 생각하믄 할매 지금 너무 호강스럽게 잘 살구 있지.

신나게 놀믄 가슴속 쌓이는 것이 없을 텐데

옛날에는 다들 유성기 들었지. 유성기두 아무나 있었간? 돈 벌어 먹으려구 갖구 다니는 이들헌테나 있구, 부잣집에나 하나 있구 그랬지. 그거 듣구 있으면 참 재밌었다구. 워찌 그리 잘 떠드는지 연신 종알종알 떠들어 대드니 금방 테레비 나오데. 말동무 읎구 잠 안 올 때는 테레비가 최고여.

연속극 보면 닮은 이들 참 많어. 그래 우리 손주 왔을 때 그랬어.

"애, 저이들은 어찌 저리 다 닮았대냐? 저 사람이랑 꼭 닮은 사람이 열 시에 나온다."

"할무니두 참. 같은 사람이잖어유."

다들 닮았다 했드니 예서 한 사람이 제 가서 하구 제서 한 사람이 예 와서 하구 그런 것이라지?

저기 봐. 저 할배 또 나왔네. 뚱뚱허구 배 나온 할배. 아들이 색시 하나 사귀다가, 자기 새끼 갖은 거 모르구 내버렸그든. 그리구 다른 여자헌테 장가갔어. 돈 많구 좋은 집서 사는 여자한테 장가갔다구. 장가가서 딸 하나 낳구 이눔이 죽을병이 들었네? 지 새끼 모른다구 내팽개치니께 벌 받은 기여. 그러니 저 할배가 즈이 아들이 앞서 만

나던 여자 아이한테 가서 니가 낳은 아들, 내 손자니께 찾아가겠다구 그러데. 그렇게 눈물 쏟게 만들더니 또 나와.

사람이 그러면 못써. 자슥을 남자 혼자 만드남? 남자와 여자가 함께 만든단 말이여. 그렇게 둘이 함께 만들어서 아배는 자슥새끼 내던지구 다른 여자한테 장가들구, 눈 동그라니 이쁘장한 여자 아이가 혼자 아이를 낳아 길렀단 말이여. 근디 왜 그것을 뺏어가. 지 싫다구 내던지구 지랄허더니 돼질 때 되니께 아들 찾아가겠다는 심보 그거 못써. 돼져두 좋은 곳에 못 간다구.

며칠 전에는 보니께, 다른 연속극인디 그것은 마누라, 신랑 맞바람 났데? 테레비 나오는 이들은 왜들 그 지럴허는 거여? 그저 금슬 좋게 자슥 키우며 잘 살지 않구 왜 지럴허구 바람은 피워 대. 서로 위해 주구 보듬어 주믄서 살아야지 그거 보는 이들두 그렇게 살지. 이쁜 각시, 잘생긴 신랑 나와서 바람 피워 대구 지럴들 허니께, 젊은 애들은 그런 거 보구 이혼헌다구 설치는 게여. 바람나는 것이 을마나 무서운 것인지 모르니께 그 지럴들 허는 게여. 나는 우리 아들 바람나서 돌아칠 때 우리 며느리 속 썩은 거 생각하믄 지금두 얼굴을 못 들었어. 자슥이 바람나서 돌아치믄 에미두 속 썩지만 각시보다는 들헐 테지. 에미야 며느리 보기에 미안해서 그렇지 다른 것은 읎다구. 근디 각시 속 썩는 것은 말로 다 할 수가 읎어.

한번 바람나면 고칠 재주두 읎어. 그거 안 고쳐져. 당초에 신랑, 각시 서로 단도리를 잘 혀야 해. 양쪽 모두 혼인 전에 단단히 다짐을 받아야지. 옛날에는 자슥새끼 있으니께 그냥 살자구 달래면 돌아왔그든. 근디 지금은 달래두 소용읎데. 자슥새끼 내팽개치구 그냥 가잖어. 그러니께 애초에 길을 잘 들여야 하는 거여. 참 지금은 믿구 살 사람이 읎어, 믿구 살 사람이. 이 동네두 처녀, 총각들 많은디 믿구 혼인헐 사람이 읎다구 다들 안 허데. 자슥을 둘셋 두구두 이혼허구 뛰쳐나가구 그러니께 누구를 믿겄어. 혼인헐 때야 다들 당신뿐이라 구 허지. 근디 약속 지키는 이들이 자꾸 줄어든단 말이여. 사람 잘 만 나야 허는디, 약속 잘 지킬 배필 만나야 고생 안 허지. 테레비부터 저 거 바꿔야 혀. 테레비에는 바람나서 자슥 버리구 도망간 이들두 잘 살어. 그릏 허면 안 되지. 바람나서 돌아치는 것들은 다 암병 걸리게 허든지 뱅신되게 허든지 그릏게 벌을 줘야 혀. 그른 것을 봐야 젊은 이들두 마음을 고쳐먹지. 바람 피우구두 여전히 잘 사니께 그릏게 해 두 되는 것인 줄 안단 말이여.

테레비 나오는 이들은 애나 어른이나 술 못 먹는 이두 읎어, 다 잘 먹어. 맹물을 그릏게 먹는지 참말 술을 먹는 것인지. 다들 술 먹구 자 동차 씽씽 끌구 다니구. 그런 것두 바꿔야 헐 일이여. 술 먹구 자동차 끌면 그거 위험하지 않겄어? 그러구 가다가 지 혼자 뒈지면 그중 다 행이지, 죄 읎는 이들 냅다 받어서 다치기라두 허면 그거 불쌍혀서 워쭉혀?

테레비 연속극 나오는 이들은 뭐하는 이들이여? 직업이 뭐여? 다 들 참 신명 좋게 잘들 떠들어.

어려부터 까불던 사람들이 숫기가 좋아. 우리들은 어려부터 까불 고 그런 거 모르구 일만 해 버릇해서 숫기라구는 읎어. 까불믄서 어 데 돌아다녀 보지를 않어서 어데 가구 싶구 그런 거 몰러. 인제 내가 팔자 사나워서 이릏허구 살아두 친구끼리 어데 놀러가구, 넘 앞에 나

서서 노래허구 그런 거 몰러. 장사혔어두 워데 저 서산 시내 장바닥에서 남자들허구 국수 한 그릇 안 사 먹어 봤어. 점심 한 번 안 먹었어, 부인네들 허구두 마찬가지구. 물건 살 거 있으믄 짐꾼 데리구 가서 물건 사구 끼니 때 되믄 난 안 먹구 짐꾼만 사 줘. 내가 직접 가 사 주는 것이 아니구 돈만 주는 거여. 가서 사 먹구 오라구. 그릏게 살았어 나는. 테레비에서두 그릏구 이 동네 아주머니들두 그릏구, 떠들구 잘 노는 사람들 보믄 어찌 저리 신명이 좋은가 싶어. 그릏게 신나게 놀믄 가슴속 쌓이는 것이 하나두 읎을 꺼 아닌가? 그런 사람들은 한이 쌓일 틈이 읎지 싶어. 신나게 놀믄서 다 풀릴 것 아닌감? 노래두 신명 좋게 부르는 사람은 숫기가 좋아야 혀. 난 어려서부터 근본이 웂어, 그저 웃는 거밖에 못 혀. 그니께 난 웃으믄 신명이 풀리는 거여. 잔칫집에 가두 할 수 읎이 따라가지. 먹을 꺼 주믄 먹구 같이 간 분헌테 이제 집에 가자 그래도 안 가. 그분들은 끝끝내 계셔. 그러믄 난 넘부끄러워 죽어. 난 사람 많은데 가믄 그릏게 부끄러워. 그이들이 나만 보구 있는 것두 아닐 텐디 그릏게 부끄럽다구. 그저 넘 말하는 입만 보구 있어. 어떤 때는 참다 참다 그냥 혼자 오기두 허구. 지금까지 그려, 지금까지. 이 나이 먹어서두 그릏게 넘부끄럽구 그릏다구. 그른데 우리 딸은 노래두 잘 허구 우스운 소리두 잘 허구 아주 숫기두 좋아. 즈 아배두 그릏지 않었는디 어데서 그런 것이 떨어졌나 몰러. 테레비 나오는 이들두 봐. 푹 틀어진 옷, 야한 거 입구 노래허구 춤추구 떠들구. 옛날엔 여자가 그릏게 허믄 죽네 죽어. 이제는 세상이 좋아져서 그런 것이 흉은 아닌가 벼. 그래두 난 영 맘에 안 차. 다시 태어나두 그릏게 태어나구 싶구 그런 생각은 영 안 들어.

뉴스는 꼭 들어. 다른 것은 중간 건너뛰구 안 보기두 허는디 뉴스는 아주 꼭 봐. 뉴스 보믄 서울은 편할 날이 읎어. 가만있어두 기차 밑으루 밀어 넣으니 걸어 다닐 수가 있나, 어린애들 잡아가니 어린 애들을 맘대루 내놓을 수가 있나. 금융조합 같은 데 얼마나 무서운 데여. 그런 데까지 들어가서 돈 다 훔쳐 가구. 촌이 좋아, 시골이 좋다구.

마음만 좋게 잘 먹으면 절루 살아지는 것이여

　뉴스에서 형사들이 죄지은 놈들 쭉 끌어다 놓으면 잠바때기 뒤집어쓰구 앉았잖어. 나 아주 그른 거 보믄 환장허겄어. 좋은 나이에 뭘 못 혀서 도적질허구 살인허구 그러는 거여? 그거 죄 젊은 놈들이 그러구 붙들려 왔잖어. 즈그 어매, 아배는 공들여서 키워 놨을 꺼 아녀. 저 죽는 줄 모르구 자식 위해 일혀서 대학 공부 마쳐 놓으니께 그 지럴들 허는 거 봐. 부모들이 그거 보믄, 즈그 자슥새끼가 죄짓구 끌려와서 잠바때기 뒤집어쓰구 앉았는 꼴 보믄 그 심정이 어떨 껴. 쭈욱 붙들어다 엎어 놓은 거 보믄 기맥혀 아주. 내가 두 손으루 싹싹 빌어. 저런 악헌 거 빼구서 좋은 사람으루 돌아가게 해 달라구 싹싹 빈다구. 참 내가 우리 손주헌테두 지금까지 일러.
　"넘의 것을 탐내면 안 된다. 돈을 탐내지 말구, 넘의 것을 넘겨다보지 말어라. 니가 힘껏 일해서 벌어먹구 살믄 구멍 난 신 신어두 흉헐 사람이 읎다. 그저 건강허게 맘먹구 일 잘하면 넘들 굶을 때 죽 먹을 수 있구, 넘들 죽 먹을 때 밥 먹을 수 있다. 그렇게 살면 되는 거 아니냐? 니 힘껏 일해서 벌어 모으면 큰돈이 됐건 작은 돈이 됐건 그것이 자수성가다. 그렇게 살믄 금방 부자된다."

젊은 놈들이 넘의 돈 뺏구 사람 죽이구 그러구 끌려와 앉아 있는 거 보면 아주 속 터져. 사람 죽였다는 뉴스는 뵈기두 싫어.

자슥보다 못헌 부모두 있긴 있어. 언제여 그것이, 지 자슥새끼 한 강에 집어넣은 놈도 있다구 나오데. 아들, 딸 남매 한강 물에 집어넣 었다구. 아들 다섯 살이구 딸이 여섯 살이든가, 그거 다 죽었다지? 참 그러니 세상에 살 수가 있간? 아배가 자슥새끼 죽이구두 머리빡 쳐들구 돌아다니는디 생판 모르는 넘한테 칼자루 들이댄 놈들은 즈 들이 죄지은 것두 모를 테지. 참 살기 좋은 세상에 왜들 그러는 거여. 나는 그거 한강에다 집어 처넣었다는 거 듣구 울었어. 눈물이 줄줄줄 흐르데.

계집하구 싸우구서 그랬드만. 싸우구서 새끼 둘 데리구 나와서 한 강에다 던진 거여. 어린것들이 무슨 죄 있어. 키우지 못헐 것이믄 낳 지를 말어야지.

낳아서 키울 땐 이쁘다구 키우지 저렇게 죽일라구 키우는 부모가 어딨남, 어느 부모가 그거 죽일 맘으루 키우겄어. 팔뚝보다 작은 자 슥 낳아서 이쁘게 길러 가지구선 한강에서 갖다 넣었을 땐 그놈 속이 어때서 넣었을까. 저두 죽으려구 그랬을까?

지금은 계집두 그릏구 사내두 그릏구 돈 때문에 그 지랄들 허지. 옛 날에는 암만 읎어두 지금처럼 이릏게 새끼 버리구 그런 거 있간? 지 금은 무슨 카든지 뭐 그런 거 만들어 파니께 그것 때문에 죄짓구 돌 아치는 거여. 도둑놈두 더 많아졌어. 옛날에는 문 훨훨 열어 놓구 살 지. 잠귀두 아주 허름허게 잠그구. 그래두 어디 도둑이구 그런 거 있 간? 하나 읎었어. 지금은 그 아파트 그거 문단속허기 얼마나 좋아. 단단허니 꼭 잠궈 놓으면 무슨 재주루 그거 열 꺼여. 근디 문 다 열구 살던 옛날보다, 도둑놈은 더 많어. 언제 한번은 한 놈이 하루 일곱 집인가 들어가서 금붙이만 털었다구 테레비에 나오든디. 그거 털었다구 붙들어다 엎어 놓은 거 나왔어.

넘의 돈 탐내기로는 그 양반들이 최고데. 정치허는 양반들 말이여. 아니 어디서 그룷게 숱허게 났대? 하늘에서 쏟아졌나? 어디서 그룷게, 아 돈 말이여. 나는 처음에 오백 원인 줄 알었어. 아이구 뭐 그것 갖구 저룷게 타박들을 허나, 그냥 눈감어 주지 했는디 오백 원이 아니구 오백억이라 허데. 오백억이면 얼만큼이여? 쭉 풀어 놓으면 이 집 같은 거는 겹겹이 꽉 채울 수 있남? 그거 보니 참 맘이 좋지 않어, 그거 큰 잘못이지.

자살두 많이 허데. 밑으루 다니는 기차, 그리 뛰어들어 죽어 읎어지구 꼭대기서 떨어져서 죽어 읎어지구 거참 큰일이여. 목숨 끊는다 생각허면 그 마음으루 뭣인들 못 헐까. 참 지 목숨, 지 손으루 끊는 이두 그 속이 오죽 했을까만, 약허게 맘먹지 말구 굳게 마음 먹으믄 다 살게 돼 있어. 나 어린 자슥들 데리구 친정으루 쬐껴 왔을 때 우리 어무니 나 붙들구 얼마나 울었는지 몰러. 나두 울구 어무니두 울구 아이들두 울구 다 울었어.

"너랑 나랑 이제 위찌 산대냐. 산에 가서 목매구 콱 죽어 뿌리자. 이 일을 워쩐다니."

그래두 죽지 않구 살아서 떡 장사두 허구, 고추 거둬서 손톱이 썩어 문드러지는 줄 모르구 빠숴서 가루 만들어 팔구, 바느질허구 그룷게 해서 동생 집 사 주구 살게끔 만들어 줬어. 나는 나대루 떨어져 나와서 내 집 샀지. 그뒤에두 아들 죽구 폭삭 망허구 참 고생 많이 혔어. 손주 데리구 죽구 싶은 마음이 하루 열두 번 들어. 그래두 어떻게 이기구 살아 낸 거여. 참 지금은 자슥들이 다 일어나서, 제 집 사구 다들 괜찮어. 아이들이 큰 부자로는 못 살지만 도적질 안 허니께, 첫째가 그거여. 도적질 안 허니께 꿀릴 것이 읎어. 큰며느리가 낳은 아이, 우리 큰손주여. 걔는 지금 음악대, 걔 있는 데가 어딘지 정신이 깜빡깜빡허네. 어 맞어, 대전. 거기 음악대 선상으루 있다가 지금은 선상이 아니구 최고 책임자, 학사장이라나 그릏게 됐어. 그 밑에 아이들두 회사 좋은 데 들어가서 잘들 살아. 부자루 못 살어두 그저 넘한테 부랑자 소리, 도둑놈 소리 안 들으면 그것이 제일이여. 돈 많이 움켜잡구 앉아 있으믄 뭐 혀. 그저 밥이나 먹구살믄 그만이지. 살면 다 살아져. 나 죽겄다, 나 죽겄다 혀도 살아 보면 다 살아지는 거여. 나 보니께 그릏데. 살아 보면 또 괜찮어.

지금은 늙은이들보다는 젊은 사람들이 마음을 잘 먹어야 혀. 좋은 마음으루 자꾸 돌려서 악한 마음을 빼구서 순한 마음을 먹어야 혀. 악한 마음은 버려야 혀. 어쭙잖은 마음먹지 말구 좋게 살아갈 생각을 혀야 혀. 넘의 공것 바라지 말구 그저 노력허며 살면 되는 거여. 마음만 좋게 잘 먹으면 절루 살아져.

참 요즘 새파랗게 한창인 젊은이들이 회사에서 쬐껴나구 돈벌이헐 데 읎어서 목숨 끊구 그러는 거 보면 할매 아주 가슴이 아퍼. 근디 테레비 보면 좋은 자리에 앉아 있는 이들은 다 늙은이들이여. 무슨 늙은이들이 그릏게 많어? 순 할배들이 나와서 좋은 의자 차지허구 앉아 있데. 원 참 그것이 무슨 추태여. 젊은이들 살려 줘야지. 젊은이들 잘 살게 해 줘야지. 그 나이 먹도록 해 먹었으믄 이제는 젊은이들헌테 물려줘야 하는 거 아니여? 좋은 자리 젊은 애들헌테 내주구, 그 할배들은 돈두 많이 벌어 뒀을 거 아녀? 그 돈으루 그저 좋은 데 다니면서 구경이나 허구, 또 불쌍한 애들 있으믄 도와주구 그릏게 살지. 다 늙은 할배들이 여즉 나와서 돌아친단 말이여. 그 할배들 벌써 오래전부터 뉴스에 나오잖아. 우리 손주 쬐끄만 때부터 나오던 이들이 여즉 나와. 물러나 앉아서 젊은 애들 일허는 거 보면서 잘 허면 다독여 주구 잘못 허면 가르쳐 주구 혼내키구 그릏허며 살면 좀 좋아. 젊은 애들은 돈벌이헐 데 읎다구 목숨 끊구 강도짓허구 그 난린디, 다 죽게 된 할배들이 뉴스 나와서 앉아 있는 거 보면 그거 참 기맥혀.

열두 시 넘도록 뉴스 보니까 세상 다 뵈여. 어데 가지 않어두 어디서 무슨 일이 있었는가 다 뵈여. 다른 것은 잘 안 보구 뉴스허는 것만 그저 보니께. 그러니께 참 여기 가만 들어앉아 있어두 세상이 다 내 집 같구, 내 자슥 같구 그릏지. 그래 걱정이 많어.

죽을 꿈만 꾼다구 허셨는디 요즘 내가 그릏네

나는 지금두 꿈을 꾸믄 지금 집이 나오지 않구 신작로 집이 나와. 망허기 전에 아들, 며느리랑 손주 봐 주며 살던 그 집이 나온다구. 살다가 이사가 봐. 한곳에 오래 살다가 이사가믄 꿈을 꿔두 꼭 그 집에 가서 일혀. 지금 사는 집이 안 나오구 그전 살던 집이 내 집마냥 나오는 거여. 나는 꿈을 꾸믄 저기 저 신작로 집에서 일허구 있어. 꿈에는 지금마냥 도로 크게 있구 그릏지 않구, 나 살던 때처럼 꼭 그릏지. 가가방이나 두 개 있구 창고 있구 그릏다구. 그럼 나는 게 가서 밭 매구 가가방 허구 아이들허구 밥 먹구. 우리 아들이 거그다 감나무 심었으니께 그 나무서 감두 따 먹구, 딸기 농사혔으니께 딸기두 따 먹구 콩두 따 먹구. 그 창고두 내가 쓰던 창고니께 창고 문 열구 뭐 넣기두 허구 꺼내 오기두 허구 그런다구. 그거 아주 이상혀. 지금껏 꿈꾸믄 나는 그 집에 가서 가가방 허구 밥 먹구 농사허구 그려.

꿈 하니께 생각나네. 우리 어무니가 돌아가시기 얼마 전부터 하시던 소리가 있어.

"나 죽을라는가 보다. 죽을 꿈만 자꾸 꾸니 이거 얼마 못 살구 죽을라는가 벼."

206

"어무니두 참 죽을 꿈이 워데 있대유."

"아니다, 에미야 나 죽게 생겼는 갑다."

우리 어무니 어디 편찮은 데두 읎었그든. 나는 젊어 빠졌을 때니께 죽을 꿈이 뭣인지나 알았간? 죽을 꿈만 꾼다구 그 말씀 몇 번을 허셨는디 요즘 내가 그룽허네.

꿈을 꾸는디 어무니가 자꾸 오셔. 친정어무니가 오셔서 나를 어디루 데리구 가시그든. 손을 꼭 잡구 어디루 데리구 가셔. 길이 아주 넓은디 저 끝에 훤한 것이 보여. 그리루 쭉 가면 되는디 어무니는 나무들 큰 거 있는디 그런 거 헤치구 젖혀 나가믄서 나를 산으루 데리구 가셔. 그러구 한참을 가면 그 산중에 판판한 터가 나와.

"에미야 너 죽으면 여기다 갖다 파묻을 것이다."

그런 소리까지 허시네. 게서 내려와서 다시 큰길루 내려오그든. 근디 그때부터는 나란히 서서 가지 않구 어무니는 앞에 가시구 나는 뒤에다 세우셔. 그룽게 또 한참을 걸으면 저기 길 끄트머리에 집이 한 채 있어. 아주 크구 훤허구 좋은 집인디 그 집 가까이 가면 어무니 걸음이 매우 빨라지셔.

"아이구 참 어무니 무슨 걸음이 그리 빠르대유. 함께 가유. 어무니, 어무니!"

그룽게 불러 싸두 뒤두 안 보구 가셔. 나는 빨리 간다구 가는디 그거 못 따라가구 어머니 놓치구 마네. 그르믄 아주 속상허지.

"아이구 어무니 나 좀 데리구 가시지 워디를 가셨대유."

한참을 그러구 서 있어두 어무니는 안 뵈셔. 그르면 이제 나 혼자 집에 오그든. 아주 집에 쏙 들어올 때두 있구 어떤 날은 오다가 깨 버릴 때두 있어.

한번은 나 혼자 길을 가는디 게가 어딘지를 모르겄어. 아무리 봐두 나는 모르는 길이여. 아주 애를 쓰면서 길을 찾는디 나는 성현 가는 길 찾는 거그든. 몰러, 왜 성현 가는 길을 찾는지 그것은 나두 모르지. 꿈이니께 몰러. 한참을 걸어두 와 보면 같은 자리구 와 보면 같은 자리구 그러니께 아주 애가 바싹 타. 속상혀서 주저앉아 있으면 어무니가 오셔.

"에미야, 왜 그르나?"

"성현 가는 길 찾는데 못 찾겄시유. 워디루 가야 헌대유?"

그러면 어무니가 어디 어디루 가라구 일러 주시그든. 일러 주시면서 그러셔.

"너 꼭 내가 일러 준 길루 가야 헌다. 다른 길루 가면 너 큰일 난다."

그래 어무니가 일러 준 길루 가면 집으루 들어오는 거여. 성현 못 가구 집으루 되돌아온단 말이지.

꿈에 저수지에두 가, 저수지. 근디 그 저수지가 여그 옆에 있는 저수지가 아니구 다른 저수지여. 돌이 뺑 돌려져 있구 아주 큰 저수지여. 돌 따라 뺑 돌며 가는디, 저기 끝에 문이 하나 있어. 가만 보니께 문이 열려 있구, 문 안이 아주 훤혀. 그러니께 나는 한번 들어가 보구 싶은디 보니께 물이 아주 시퍼렇지. 돌 따라 저수지를 한 바퀴 뺑 돌아야 문 앞에 가는디 가장자리 잘못 디디면 빠져 죽는 거여. 그러니 생각을 허지. 저기를 가야 허나 말아야 허나. 그러구 있는디 워떤 사람이 그러는 거여.

"얼른 가지 않구 뭐 혀유. 얼른 안 가면 문 닫혀유."

그래 얼른 저수지 가장자리에 있는 돌을 디디구 그 끄트머리루 가는 거여. 아주 무섭지. 거기 떨어지면 죽는 거여, 시퍼런 강이니께. 처음에는 돌 디디구 가다가 나중에는 둑 짚어 가메 옆으루 옆으루 해서 살살 가지. 간이 오그라졌다 펴졌다 허는 거여, 꿈에두. 아주 벌벌 떨면서 게우게우 저수지 끄트머리루 가그든. 가 보면 훤허게 열려 있는 것이 문이 아니구 큰 둑이여. 둑이 꼭 문마냥 열려 있더란 말이지. 그래 거기를 나갔어, 저수지 둑을. 나가 보니께 거기는 좋은 집들이 아주 많구 사람들두 잔뜩 있어. 가만 보니께 아는 이들두 많어.

"아이구, 아줌니 나 여기 오는데 죽는 줄 알았시유. 물에 빠질까봐 갠신히 삥 돌아서 왔네유."

"가가방 할무니 아니세유?"

"맞구면유. 아줌니들 어찌 이리 좋은 데 와 계세유?"

"우리는 놀러 왔구면유. 할무니는 예 어찌 오셨시유?"

"저기 저수지 앞에서 워떤 아저씨가 가 보라구 허데유. 그래 죽는 줄 모르구 삥 돌아왔구면유."

"아이구 이 할무니 큰일 나시겠네. 얼른 가세유. 여그는 우리들이 놀아야 허니께 할무니는 어여 가세유."

그 소리 들으니께 그거 아주 서운허데. 즈이들은 아주 훤한 들판에 좋은 집 짓구 살면서 나헌테는 가라구 허니께 속상혀. 가만 서 있으니께 밀어, 막 밀면서 가라 그려. '반가워하는 이두 읎구 내가 살 곳두 아닌디, 언제 돌아가두 돌아갈 거 빨리 가자.' 그러구서 돌아섰어.

그래서 되돌아 나오는디, 나와서 보믄 그것이 오던 길이 아니구 다른 길이여. 뱅신마냥 서서 보니께 저수지 복판에 다리가 하나 있는디 가운데가 뚝 짤라져 있네. 그러니 그거 건널 수가 있간? 그거 건너야 집에 가는디 다리가 끊어졌으니 방법이 읎어. 가만 보니께 밑이루 내려가서 오던 길루 가는 수밖에 읎는디. 그니께 올 때는 저수지를 끼구 왔는디, 지금은 저수지가 저 밑에 있으니께 그리루 내려가야 헌다 이 말이여. 근디 층층 그 아래루 내려갈 재간이 있간?

'에이 다리를 뛰어 건너는 수밖에 읎다.' 그러구서는 눈 꾹 감구 다리는 뛰어 건넜어. 거기 떨어지믄 이제 죽는 거여. 근디 참 꼬부랑 할매가 거기를 뛰어 건너. 아주 갠신히 뛰어 건너구 보믄 버선 한 짝이 아주 흠뻑 젖어 있지. 그거 한 짝 벗어서 들구 집으루 왔어. 마당까지 와서 깼네. 꿈인데두 발이 아주 시원혀. 저수지에서 젖은 발이 아주 시원허다구.

잠두 오래 못 자는디, 그저 깊게 자는 것은 두 시간? 한 시간두 안 자구 그냥 깰 때두 있어. 아주 쬐끔밖에 안 자. 그릏게밖에 안 되는디 꿈을 꿔. 깨 보면 새벽 두 시 될 때두 있구 세 시 막 들어갈 때두 있지. 그것이 죽을 꿈인디, 우리 어무니 보니께 그런 소리허시다가 돌아가셨그든. 그러구 나믄 입맛두 더 읎어. 내가 죽을라는가 보다 싶지.

죽으믄 난 화장은 안 혀. 난 화장은 싫다구 애들헌테두 그랬어. 불구뎅이 들어가기 무서워. 넓은 곳두 필요 읎구 명당두 필요 읎으니께 그저 산에 갖다 묻어 달라 그랬어. 신랑 곁두 소용읎구, 호적에두 안 올랐는디 신랑 곁이 무슨 소용이간. 먼저 간 큰마누라 둘째마누라가 양쪽 곁 차지허구 누웠을 테지. 게는 내가 들어갈 자리 읎어. 신랑 산

211

소두 참 젊어 친정살이헐 때 한 번 가 봤나 그릏구 발길 안 준 지 몇 년이여. 아주 오래됐어. 친정 쫓겨 오구 한 두어 번 가구 안 갔으니께. 지금두 어딘지 기억은 나지만서두 그것이 무슨 소용 있간.

할매 요즘 최고 걱정이 죽을 걱정이여. 죽을까봐 걱정이 아니구 사람들 고생시키구 죽을까봐 그것이 걱정이여. 나는 참 죽어두 그냥 자다가 살그머니 갔으믄 싶은디 고생할까봐 그거 아주 큰 걱정이여. 할매 혼자 고생하는 거야 뭐 워뗘. 근디 내가 고생하면 옆에 있는 사람들두 함께 고생허잖어. 오래 앓아서 병원이구 어디구 끌구 다니믄 돈 읎애야 허니께 고생이구, 똥오줌 못 가리면 그거 받아 내느라 고생이잖어. 다른 것은 이제 걱정할 것 읎어. 단지 병앓이 하다가 죽을까봐 걱정이지. 워데 가서 누구헌테건 신세지구 그러는 것은 아주 질색이여.

손주 혼자 조치원 나가 있을 때는 그눔이 걱정이었는디 이제는 저릏게 짝 지워 놨구, 또 즈이들 의좋게 사는 것이 괜찮아 보이니께 걱정 안 혀. 손주 역시 그럴 테지. 그전에는 할매 걱정, 할매 생각이 첫 번이었지만 지금은 각시 걱정, 새끼 걱정이 첫 번이지. 짝 생기믄 할매 걱정은 저리루 가는 거여. 죽으면 산 사람 같지 않아서 정이 멀리 떨어져. 산 정 같지 않구 죽은 정은 잠깐이믄 떨어져. 그러니께 나 세상 뜨구 잠깐은 안달복통허겠지만 금방 잊어버리구 잘 살 꺼여. 고운 각시랑 어린 자슥 키우구 잘 살 꺼여.

나는 그저 이릏게 밥이라두 끓여 먹구 살다가 얌전히 떠났으믄 좋겠어. 동네 아줌니들이랑 저녁 잘 먹구 웃구 얘기허며 놀다가 얌전히 떠났으믄 싶어. 그것이 내 소원이여.

힘들어두 살아 보믄 다 살아지는 것이여

가난한 집에 태어나서 없이 살다가 부잣집에 시집가서 시집살이 허구 신랑 죽구 친정으루 쬧겨 와서 고생 고생허며 아들딸 키웠어. 그렇게 키운 아들 나보다 앞세워 저세상 보내 놓구 손주 키우며 지금까지 장사허구 산 것이 내 인생 전부여. 이 동네 밖으루 나가 본 것이 언제인지 모르겠어. 요 안에 쏙 들어와서 타지에는 나가지 않구 살았어.

손주 키우며 장사허구, 그렇게만 살아서 내 살아온 얘기는 남달리 할 것이 읎네. 내 얘기만 쭈욱 허면 그거 참 헐 얘기 읎으니께 어무니 얘기, 신랑 얘기, 아들 얘기, 손주 얘기, 사촌오빠 얘기, 고마운 동네 분들 얘기 그런 거 다 혔어. 내가 살아온 것이 그분들과 어울려 산 것이니께 그분들 얘기가 내 얘길 테지.

나는 항시 이제는 더 나쁠 것도 읎다, 그렇게 생각허구 살았어. 근디 더 나쁜 일이 툭툭 생기데. 남편 죽구 청상과부됐으니 이제 뭣이 무섭간 했는디 알몸땡이루 친정으루 쬧겨 났어. 고생허며 번 돈 늘그막에 빚잔치허느라 다 날렸는디 뭣이 무섭간 했는디 하나 있던 아들 세상 떴어. 아들 앞세웠는디 뭣이 무섭간 했는디 피 같은 손주들 뿔

213

뿔이 흩어지구 죽었는지 살았는지두 몰러. 이제는 좋아지겠지 했는
디 자꾸 나쁜 일이 생겼다구. 그른디 어디 그것이 나에게만 해당이
간? 다들 그렇게 사는 것이여. 그렇게 힘들어두 살아 보믄 다 살아지
는 것이여.

나 애기 적부터 백 살 할매 되기까지 얘기 다 풀었네. 나 살아온 얘기는 다 한 거여, 내가 정신 좋으니께 일러 주지. 정신 흐린 할매 같으면 못 일러 줘. 네 살 때 앓아누워 수제비 먹은 것까지 얘기했으니께 할매 아직은 정신 좋은 게여. 내가 글을 알믄 소설을 써야겠다 그랬는디 이참에 소설 나오겠네. 책 만들면 가져오지 말구 그거 팔어. 할매 글두 못 읽는데 그거 갖다 주지 말구 다 팔어. 그래 어째 재미는 있을 것 같애? 젊은이들 보기에는 재미읎을 테여. 그저, 저 할매 세상 뜨실 때 편히 가셔야 헐 텐데, 남은 자슥들 오래오래 잘 살아야 헐 텐데, 그릏게만 생각혀 주면 고맙겠네.